迷子になっていた幼女を助けたら、お隣に住む美少女留学生が家に遊びに来るようになった件について 6

著――ネコクロ
画――緑川葉

CONTENTS

NEKOKURO PRESENTS

ARTWORK BY

MIDORIKAWA YOH

ダッシュエックス文庫

迷子になっていた幼女を助けたら、お隣に住む美少女留学生が家に遊びに来るようになった件について6

ネコクロ

青柳明人《あおやぎあきひと》

高校2年生。11月11日生まれ。
文武両道で周りのことを
考えて行動する少年。
中学時代は有名なサッカー選手だった。
シャーロットとは恋人同士。

シャーロット・ベネット

高校2年生。12月25日生まれ。
イギリスからの留学生で、
漫画やアニメが大好きな女の子。
妹のエマと二人暮らしをしている。
明人とは恋人同士。

CHARACTER

NEKOKURO PRESENTS
ARTWORK BY
MIDORIKAWA YOH

花澤美優《はなざわみゆ》

明人とシャーロットの担任教師。
恋人いない歴=年齢を絶賛更新中で、
“黙っていれば美人”というのは明人の談。
生徒想いであり、明人の良き理解者。

エマ・ベネット

シャーロットの妹。5歳。
好きなことは、明人に抱っこしてもらうこと。
最近明人にサッカーを教わっている。
まだ英語しか話せないが、
姉に教えてもらいながら日本語も勉強中。

清水有紗《しみずありさ》

明人とシャーロットのクラスメイト。
プロ注目のサッカー選手な従兄がいる。
シャーロットのよき相談相手であり、
物怖じしない性格の、
肝の据わった女の子。

東雲華凜《しののめかりん》

明人とシャーロットのクラスメイト。
実は明人とは実の双子の兄妹という
関係であり、幼い頃に生き別れていた。
ぬいぐるみ作りが得意な
おとなしい女の子。

CHARACTER

西園寺彰《さいおんじあきら》

明人とシャーロットのクラスメイト。
明人の親友であり、ユースに所属する
プロ注目のサッカー選手。
イケメンでクラスのムードメーカー。

香坂楓《こうさかかえで》

明人の後輩で、小悪魔系の女の子。
中学時代は明人が所属するサッカー部で
マネージャーをしていた。
好きな人のことは、からかいたいタイプ。

NEKOKURO PRESENTS
ARTWORK BY
MIDORIKAWA YOH

プロローグ

姫柊《ひめらぎ》家から二人きりで帰宅した後。

俺とシャルは、食事や風呂を済ませ、ソファにくっついて座っていた。

エマちゃんは、ソフィアさんがホテルに連れていったので、ここにはいない。

正直、花音《かのん》さんとソフィアさんにフレンチキスしているところを見られたのはかなり恥ずかしかったが、こうしてすぐに解放してくれたのは幸いだった。

おかげで、弄《いじ》られずに済んだ。


「それでは、寝ますか……？」

シャルは、頬《ほお》をほんのりと赤く染め、熱を秘めて潤んだ瞳を俺に向けてくる。

何かを期待している――ように、見えてしまった。

「うん、布団に行こう」

手を繋《つな》いだまま、俺はシャルに笑顔を向ける。

布団は既に敷いているので、寝室に向かうと――。

「結婚、はしていませんが……婚約者になりましたので、新婚初夜なのでしょうか……？」

シャルが、とんでもない爆弾を放り込んできた。

いや、もうその言い方って……。

俺はバクバクと激しく鼓動する胸を手で押さえながら、気をしっかりと持つ。

このままいつものように流されるわけにはいかない。

もうすぐクリスマスで、シャルの誕生日なんだ。

一生の思い出になるように、ちゃんとそこでしたい。

「新婚じゃないから、違うね……」

渇《かわ》く喉《のど》からなんとかその言葉を引き出す。

すると――。

「…………」

シャルは、シュンと落ち込んでしまった。

それだけではなく、ニギニギと手を握ってきたり、サスサスと俺の手を擦ってきたりと、無言のアピールをしてくる。可哀想《かわいそう》でありながら、とてもかわいい行動なのだけど――俺はグッと我慢をして、クリスマスイヴを待つのだった。

第一章「美少女留学生は懇願する」

シャルの無言アピールに耐えた、翌日の日曜日——朝から、花音《かのん》さんと神楽耶《かぐや》さん。それにソフィアさんとエマちゃんが来ていた。

「それでは、荷造りを致しましょうね」

花音さんは、ニコニコとした楽しそうな笑顔で、引っ越しの準備を促してくる。

昨日の今日で、もう新居に移るらしい。

「私とロッティーは、隣の部屋を片付けてこないとね」

もちろんソフィアさんやシャルも、自分たちの部屋で荷造りをする。

「明人《あきひと》は見ての通り物が少ないので、神楽耶はお姉様たちをお手伝いしてください」

引っ越ししてきて三ヵ月ほどしか経っていないシャルよりも、俺のほうが荷物はだいぶ少ないらしい。

あちらは三人暮らしだし、シャル宛《あて》に時々段ボール箱が届いていたくらいだから、荷物が多いのも仕方がないだろう。

段ボール箱の中身はシャルが趣味で買っているものらしく、通販を利用しているようだ。

詳しくは教えてくれなかったので、何を買っているかまでは知らない。

「あの、まずは全員で明人君のお部屋を荷造りした後、私たちのお部屋を荷造りするというのはどうでしょう……？」

手分けして荷造りをしようとすると、シャルが恐る恐るという感じで手を挙げて、提案をしてきた。

彼女にしては珍しい行為だ。

「何言ってるの？　荷造りっていってもやれることは限られてるんだから、必要以上に人数がいても邪魔になるだけよ」

しかし、ソフィアさんがシャルの提案をはねのけてしまった。

それにより、シャルはシュンとしてしまい、俺の服の袖《そで》を指で摘《つ》まんでくる。

俺に味方をしてほしいのかもしれないけど――正直、今回はソフィアさんが正しいと思う。

「そんな、わかりやすく落ち込まなくても……」

シャルの態度を見て、ソフィアさんが困ったように頬を指で掻《か》く。

「シャーロットさん、少しの間だけですから。終わったら、また明人と一緒にいられますよ」

花音さんは優しい笑みを浮かべて、シャルの頭を撫《な》でる。

一歳しか変わらないのに、言動が落ち着いているので、大人のお姉さんのように錯覚《さっかく》してしまう。

少なくとも、シャルに対しては俺と同じようにお姉さんとして接しているように見える。

「大丈夫です……」

そう言いながらも、シャルは俺の袖を放そうとはしない。

なんだろう？

一日のほとんどを一緒に過ごしているとはいえ、当然お風呂などで離れたりはする。

エマちゃんが起きている時はエマちゃん優先で、用事があれば離れたりもするのに――なんで今日は、こんなに離れたがらないんだ？

彼女に求められることは嬉しいのだけど、純粋に疑問だった。

そう戸惑っていると――。

『おにいちゃん、あそぶ？』

エマちゃんが、俺の服の袖をクイクイッと引っ張ってきた。

かわいらしく小首を傾《かし》げているが、これは聞いているのではない。

《遊ぼう》と誘っているやつだ。

ソフィアさんもいるし、みんなで遊びたいのかもしれない。

『ごめんね、これから引っ越しの準備をするんだ』

俺は腰を屈めて、エマちゃんへと説明をする。

てっきりここに来るまでにソフィアさんが伝えていると思っていたけど、この様子を見るに今日引っ越しをするということは知らなかったんだろう。

『おひっこし？』

『そうだよ、エマちゃんは猫ちゃんを見ておく？』

幼い子にとって引っ越しの手伝いは大変だろうし、ウロウロされても危ない。

だから俺は、スマホを見せたのだけど――。

『エマ、おにいちゃんのおてつだいする……！』

どうやら、エマちゃんも手伝いたいらしい。

本人がやりたがっているなら、させてあげてもいいとは思うけど……。

『それじゃあ、シャルたちのお手伝いをしてくれる？』

エマちゃんは元々隣の部屋に住んでいたのだし、シャルとソフィアさんがそっちに行くのだから、一緒に行かせたほうがいいと思った。

『やっ……！　おにいちゃんの、おてつだいする……！』

だけど、エマちゃんは俺の手伝いをしたいらしい。

先程も『おにいちゃんの』と言っていたので、そこが大切なようだ。

どうしよう？

こっちは俺と花音さんだけになるので、エマちゃんの行動を見守ると作業の進み具合に影響しそうだ。

シャルも、エマちゃんを連れていくだろうし。

『では、エマはこちらのお部屋に残ってもらうということで……！』

『えっ？』

俺の予想に反し、シャルはなぜか嬉しそうにエマちゃんの意志を尊重した。

彼女らしくない行動だ。

普段なら、他人の迷惑にならないようエマちゃんを連れていくのに。

まぁ相手が俺だから、ってことだろうか？

「なんてわかりやすい……」

「ふふ、素直でかわいらしいです」

シャルの様子を見ていたソフィアさんは苦笑し、花音さんはニコニコと笑みを浮かべた。

二人とも、何かに気付いているようだけど……？

「ほらほら、今日中には引っ越しを済ませてしまうから、もう行きましょう」

振り分けができたからか、ソフィアさんはシャルの背中を押して出ていってしまった。

「くれぐれも、変なことはしないように」

神楽耶さんは、俺を一睨《ひとにら》みして釘を刺すと、ソフィアさんたちに続いて部屋を出ていった。

まぁ、主《あるじ》に手を出されないようにするのは当然のことだろう。

もちろん、俺だって手を出すつもりはない。

『エマ、なにするの？』

『あっ、それじゃあ、タオルとか衣服を段ボール箱に入れてくれるかな？　花音さん、一緒にお願いしてもいいですか？』

俺の手伝いとはいえ、俺が一緒にしなくてもいいだろう。

軽いものは二人にしてもらい、重たいものは俺が中心でやっていったほうがいい。

『はい、大丈夫ですよ。エマちゃん、一緒にしましょうね？』

『んっ……！』

花音さんが優しい雰囲気《ふんいき》を纏《まと》っているからか、それとも姫柊《ひめらぎ》家にいる時に交流があったのかは知らないが、エマちゃんは花音さんを嫌がっていない。

だから俺も、安心して任せることができる。

「明人」

「はい？」

段ボール箱を組み立てようとしていると、花音さんが声をかけてきた。

そして、ソッと俺の耳元に口を近付けてきて、妖艶《ようえん》な声で囁《ささや》いてくる。

「実は、このお部屋はまだ当分残します」

「えっ……!?」

驚いて視線を向けると、花音さんはニコニコと実に楽しそうに笑みを浮かべていた。

普通なら、引っ越しに余裕を持たせたりするための配慮《はいりょ》、と思うかもしれない。

だけど、先程の声は……。

「ですからタオルや着替えなどは、少し残しておきましょうね。あちらの家には既に家具なども用意してありますし、必要最低限のものを運ぶだけでいいです。明人たちが、お好きな時にこの部屋を使用できるように」

やはり、俺とシャルが二人きりになりたい時は、この家を使えと言っているようだ。

「そこまでして頂く必要はなかったのですが……」

「これは明人のためでもありますが、シャーロットさんのためでもあるのです。周りの目を気にせずに、明人に甘えたい時もあるでしょうからね」

今までは俺とシャル、そしてエマちゃんしか暮らしていなかったので、エマちゃんが寝るのを待っていればよかった。

しかしこれからは、ソフィアさんや花音さん、神楽耶さんが一緒に暮らすので、当然勝手が違う。

俺たちの部屋に戻れば二人きりの時間はできるが、花音さんたちの存在が気になってしまうのは否《いな》めない。

落ち着いて、イチャイチャできるものではないのだ。

「俺たちに甘すぎなんじゃ……？」

「私《わたくし》はあなたたちのお姉さんなのです。甘やかすのは当然ですよ」

過保護すぎる気がしないでもないけど……規格外なのは、昔からだしな……。

「シャーロットさんは本当にかわいいです。傍《はた》から見ていても、明人に甘えたくて仕方がないのが伝わってきますからね」

「あはは……まぁ、素直な子なので。ですが、彼氏冥利《みょうり》に尽きます」

自業自得《じごうじとく》とはいえ、今まで嫌われて生きてきた俺にとって、あれだけ求めてくれるのは凄《すご》く嬉しい。

俺を好きでいてくれているという気持ちも伝わってくるし、とても幸せなのだ。

「ふふ……あなたたちは、お互いのことをとても想っていますし、二人とも賢い子なので過ちを犯す心配もなく、私も安心して見ていられます」

花音さんは満足そうに言うと、エマちゃんに視線を向けた。

『お待たせしました、タオルなどを持ってきましょうか』

『んっ……！』

おとなしく俺たちのことを見つめていたエマちゃんは、花音さんに話しかけられて嬉しそうに頷《うなず》く。

日本語で話しているからわからなかっただろうに、俺と話しているのがシャルではなく花音さんだったから、話が終わるのをおとなしく待っていたんだろう。

保育園では評判がいいし、やはり親しい人以外が相手では、聞き分けが良くなるようだ。

エマちゃんは、花音さんの見よう見まねで、段ボール箱にタオルや服を詰めていく。

自分から手伝うと言っただけあって、一生懸命やってくれていた。

結果、どうなったかというと――。

『すぅ……すぅ……』

荷造りが終わる頃には、疲れて眠りについてしまった。

引っ越しの荷物が少ない分、そこまで大した時間はかかっていないのだけど、慣れないことで疲労が溜まったんだろう。

今は、花音さんの膝枕で気持ちよさそうに寝ている。

「ふふ……本当に、天使のようにかわいいです」

元々子供好きな花音さんは、幸せそうにエマちゃんの頭を撫《な》でていた。

「実際エマちゃんは、俺とシャルがくっつくきっかけをくれましたしね」

裏で糸を引いていたのは花音さんたちだったとはいえ、エマちゃんがいなければ俺とシャルはおそらく、今も親しくなってはいなかった。

少なくとも、付き合うほど仲良くなることはなかったんじゃないだろうか？

俺たちの関係が始まったのは、迷子になっていたエマちゃんを助けたところからだったのだから。

「もしかして、天使とキューピッドをかけていますか？」

「ええ、違うものだというのはわかっていますが、見た目が似ていますので」

確か、天使は神の使いだけど、キューピッドはローマ神話に登場する恋の神様だったはず。

明確に存在は違うけれど、描かれるイラストはよく似ているのだ。

弓矢を持っているかどうかの違い、くらいじゃないだろうか？

「ふふ、まさにエマちゃんは、明人たちのキューピッドですもんね」

俺と同じようなことを考えたんだろう。

花音さんは実に嬉しそうに笑っている。

「まぁ、裏では花音さんたちが糸を引いていたんですが」

「意地悪なことをおっしゃいますね。それは、言わないお約束です」

花音さんにしては珍しく、ジト目を向けてきた。

そんな約束をした覚えはないのだけど、暗黙の了解みたいなものだろう。

「もちろん、有難く思っていますが」

人為的だったとはいえ、シャルのようなとても優しくてかわいい女の子と付き合えるようになったのは、素直に嬉しい。

本来であれば、俺が背伸びをしてでも手が届かない子だっただろうから。

「私としても、大切な弟の彼女になった子が、シャーロットさんでよかったと思っています。お姉様のご息女ということ以前に、あの子には気品があり、優しく、何より明人のことを一番に考えてくださる子ですからね」

「もしかして、元々シャルのことを知っていたのですか？」

口ぶり的に、そう感じた。

「存在は存じ上げていましたが、お姉様はシャーロットさんを私たちの世界に関わらせたくなかったようで、パーティーなどに連れてこられませんでしたからね。お姉様からお話を伺《うかが》い、どういう子かを存じていたくらいです」

シャル自身、母親が社長だったことも知らなかった。

政略結婚などで目を付けられるのが嫌だったり、汚い大人たちを見せたくなかったのかもしれない。

花音さんに話していたのは、娘と歳《とし》が近いから心を許していたんだろう。

「シャルは、良くも悪くも純粋ですからね」

賢い子ではあるけれど、人の嘘に騙《だま》されないとは限らない。

むしろ悪人が困っているように装《よそお》った場合、信じて手を差し伸べてしまうだろう。

それだけ優しい子なのだ。

だけど、それが命取りになるのが、花音さんやソフィアさんが生きてきた世界だ。

優しいことは、全てにおいて長所になるわけではない。

「そのための、明人でもあります。あなたはこれから、何があってもシャーロットさんを守らなければなりません」

彼女を守るのは、彼氏の役目。

――という、単純な話でもないのだろう。

ソフィアさんと花音さんが期待しているのは、シャルの身を守ることだけじゃない。

二人が俺に何を求めているのかは、なんとなく察しているつもりだ。

「俺も、何があってもシャルを守る気でいます」

「お姉様も、明人にはその力があると信頼して、シャーロットさんを任せてくださいました。そしてもちろん、私もあなたにその力があると信頼しております」

「信頼を裏切らないように、善処します」

俺はもっともっと、いろんなことを勉強していかなければいけないだろう。

将来、シャルの力になれるように。

「ええ、期待しています。シャーロットさんが今一番信頼を置くのは、あなたでしょうしね」

花音さんは目を細め、優しい眼差《まなざ》しで見つめてくる。

さすがに正面からそんな目で見られると、照れ臭《くさ》さが込み上げてきた。

「そうであってくれれば、嬉しいですけどね」

「シャーロットさんの明人に対する依存具合を見ていれば、間違いないでしょう」

依存って……随分《ずいぶん》と、直球的な言葉を使ってくれるものだ。

まぁ、実感はあるのだけど……。

「彼女の嫉妬《しっと》深さや愛の重さにも、明人なら余裕をもって応えられますよね？」

そんなとんでもないことを、ニコニコ笑顔で言ってくる花音さん。

シャルの嫉妬深さにも気付いているようだ。

「そう聞かれると、器《うつわ》が大きいわけではないので、素直に頷けないところもあるのですが……嫌だと思ったことは、一度もありませんね」

それだけ、シャルが俺を愛してくれているというのがわかるのだし。

むしろ、嬉しいくらいだ。

まぁさすがに、誰かに危害を加えるとかになったら、嬉しいとか言っていられないのだけど……優しいシャルは、そんなことをしないからな。

今だと、嫉妬すればするほど、甘え具合が増すだけだし。

「大切にしてあげてください。シャーロットさんにとって明人は、かけがえのない存在でしょうから」

「彼氏だから、ですよね？」

「違いますよ」

花音さんはクスッと笑い、《仕方ないなぁ》とでも言わんばかりに、優しい表情で再度口を開く。

「彼女にとって明人は、自身が困っている時に何度も助けてくれて、心に負っていた傷を癒《いや》してくれた唯一の存在なのです。お父様の件があってからは無理に大人ぶろうとして、誰にも甘えられなかったでしょうし……そんな自分を甘やかしてくれる存在となった明人を、誰にも取られたくないと思うのは、自然なことだと思います」

花音さんの言う通り、シャルはエマちゃんのお父さん代わりになるために、頑張っていた。

そのせいで大人のように振る舞わなければいけなかっただろうし、負い目によってソフィアさんにも甘えられなくなってしまったのだ。

根が甘えん坊な子だし、本当は誰かに甘えたいという気持ちがずっとあったんだと思う。

依存してくれているのは、彼女が求めていた存在に俺がなれたということなんだろう。

「シャルにとって、必要な存在になれていれば嬉しいです」

「ふふ、それはもう、間違いないでしょうね。明人がいなくなってしまったら、シャーロットさんは寝込んでしまうレベルだと思いますよ」

寝込むかどうかはわからないけど、確かにまぁ、落ち込んでくれそうだなぁっとは思う。

「明人なら心配はいらないと思っていますが、痴情《ちじょう》のもつれでシャーロットさんを悲しませるようなことはしないでくださいね？」

「はは、さすがにそれはありえませんよ。俺はモテませんしね」

シャルのような素敵すぎる子と付き合っていて他の子に目移りは絶対にしないし、アプローチをかけられることもない。

シャルは凄《すご》くモテてしまうが、浮気をするような不誠実な子でもないのだから、心配はいらないだろう。

――と、思ったのだけど……。

「………」

なんだか、とても残念な人を見るような目で見られてしまった。

あれ、何かおかしいことを言ったか……？

「花音さん……？」

「無自覚なところが、恐ろしいのですよね……」

「えっ？」

「なんでもありませんよ」

花音さんはニコッと笑みを浮かべて、誤魔化《ごまか》してしまった。

何か思うところがあるように見えたんだけど……？

「――あーくん……」

「えっ、シャルどうしたの!?」

名前を呼ばれ振り返ると、顔を真っ赤にして涙目のシャルが立っていた。

いったい向こうで何があったんだ……？

「大量に薄い本を隠し持っていたのがバレたから、恥ずかしがっているだけよ」

その後ろからは、呆《あき》れた表情のソフィアさんが現れた。

薄い本というと――同人誌か。

多分、シャルが時々通販で買っていたものだろう。

やっぱりシャルは、そっち系の知識が豊富そうだ……。

俺、勉強しておかないと、いざという時が来たらシャルに幻滅されるんじゃないのか……？

「あーくんにまで、言わなくてもいいでしょ……！」

シャルにとってはよほど知られたくなかったものらしく、珍しく怒りを露わにしている。

「理由を話さないと、変な誤解を生むじゃない。それに、隠し事はなしにするんでしょ？」

ソフィアさんが持ち出したのは、昨日俺とシャルがした約束のことだ。

確かに、お互い隠し事はなしにしようと言ったけど――さすがに、趣味のことは隠しても文句を言ったりはしない。

知られると、シャルが恥ずかしい思いをしてしまうようなものなら、尚更だ。

「うう……あーくん、お母さんがいじわるします……！」

言い返せないと思ったのか、シャルが俺の胸に飛び込んできた。

まるで、エマちゃんがシャルに叱《しか》られた時の反応だ。

やはり姉妹だけあって、シャルとエマちゃんはよく似ている。

「よしよし、大丈夫だよ。シャルの好きなものなら、なんでも受け入れるから」

可哀想《かわいそう》だったので、頭を撫《な》でてフォローをしておく。

実際、これくらいならあまり驚かない。

シャルの今までの発言から、なんとなくそういうのに興味津々《しんしん》なのはわかっていたのだし。

「………人は、見かけによりませんね……」

思うところがあるのか、ソフィアさんの後ろに立っていた神楽耶さんが、ボソッと呟《つぶや》いた。

俺のところからだと少し距離があるので、何を言ったのかまでは聞き取れない。

しかし――。

「〜〜〜〜〜っ」

耳がいいシャルには、しっかりと聞き取れてしまったようだ。

俺の胸に顔を押し付けながら悶《もだ》えているので、少しくすぐったい。

「良いではないですか、お年頃なのですから」

花音さんも俺と同じように、ニコニコ笑顔でシャルのことを肯定していた。

この人の場合、大抵のことなら許してくれるので、気にしていないんだろう。

――と、思ったのだけど……なぜか花音さんは、神楽耶さんを手招きで呼び始めた。

神楽耶さんが近付くと、内緒話をするように彼女の耳へと口を近付け――

「それで、彼女はどういうのがお好みなのですか?」

――コッソリと、何かを尋ねた。

「お嬢様も、見かけに寄らずそういうのに抵抗がありませんよね?」

神楽耶さんは仕方なさそうに溜息を吐く。

花音さん相手にそういう態度を取るところは、久しぶりに見た気がする。

二人はまだ、内緒話をしているようだった。

「私も、お年頃ですから――というのはご冗談で、妹の好みは知っておきませんと。どうなのです?」

「いろいろなシチュエーションのものがありましたが、中でも多かったのは、草食系男子に強引に――」

「――も、もう、許してください……!」

よほどシャルにとって止めたい話だったようで、彼女は顔を真っ赤にして涙を流しながら、やめるよう懇願《こんがん》した。

見つかってからは、散々隣の部屋でもソフィアさんにツッコまれただろうし、これ以上追い詰めるのは酷《こく》だろう。

「シャルの趣味に関して、これ以上掘り下げるのはやめましょう。何が好きであろうと、彼女の自由ですから」

同人誌と言うと、シャルが気にしてしまうかもしれないと思い、趣味と置き換えて花音さんたちを止める。

花音さんたちも悪ふざけがすぎたと思ったのか、申し訳なさそうにシャルを見てきた。

「ごめんなさい、シャーロットさん。明人の言う通り、シャーロットさんが何を趣味にしていても、それはシャーロットさんの自由ですので、お気になさらないでください」

「ぐすっ……」

シャルは、花音さんが言葉にしているほど簡単には割り切れないんだろう。

今度は俺の頬《ほお》に自分の頬をくっつけてきた。

そして、甘えるようにスリスリと擦りつけてくる。

「よしよし、大丈夫だよ」

俺は再度頭を優しく撫でながら、シャルを宥《なだ》める。

こうなったら、徹底的に甘やかすしかない。

そうじゃないと、シャルの傷ついた心は治りそうにないから。

「…………」

ソフィアさんは、複雑そうな表情をしている。

娘が大人向けの本に手を出していたのだから、親としては悩ましいんだろう。

……でも確か、シャルは通販で買う時は代引きではなく、ソフィアさんから渡されているクレジットカードで買っていると言っていた。

クレジットカードの明細を見れば、専門店で物を沢山《たくさん》買っているのはわかるはずだけど——シャルが何を買っているかまでは、チェックしていなかったのかもしれない。

「まぁ、買うにしても……ほどほどにね」

結局、ソフィアさんも許してくれたようだ。

ほどほどにって……実際どれくらいの量があったんだろう？

気にはなるが、この流れで聞くことなんてできない。

「あーくん……」

「うん、安心して。誰も責めたりなんてしてないから」

俺は、姉貴分や彼女の母親が見ている前で、涙声で甘えてくるかわいい彼女を甘やかし続けるのだった。

◆

「——ここが、新しい家ですか……」

新居は、俺たちが住んでいたところからさほど遠くなかった。

というか、普通に歩いていける距離だ。

だけど、家は思っていた以上に大きかった。

さすがに豪邸というほどではないが、二階建ての一軒家である。

「お部屋も広いですからね。まずは、明人とシャーロットさんのお部屋に行きましょう」

花音さんは笑顔で案内をしてくれる。

中に入ると、玄関や廊下《ろうか》は普通の家と変わらない広さだった。

その分、部屋が広いようだ。

「――壁をぶち抜いている感じですか？」

他の部屋と比べて俺たちの部屋だけ異常に広く、部屋の形的にも少し歪《いびつ》になっているので、そう思った。

キングサイズと呼ばれていた大きいベッドに、二人分のタンスと一台の大型テレビ。

他にも、俺の身長よりも大きくて横長の本棚《ほんだな》や、勉強机と椅子《いす》が二つずつ揃えてあり、ソファやクッションもある。

そして押し入れもちゃんとあるにもかかわらず、まだまだスペースに余裕があった。

ちなみに、家具はどれも高級ブランドものっぽいのが揃えられている。

「さすが、察しが良いですね。これだけ広ければ、いちゃつき放題ではありませんか？」

「別に、スペースは関係ないと思いますが……」

ニコッと笑みを向けてきた花音さんに、困ったように笑いながら返す。

だけど、シャルは俺と別の捉え方をしたらしい。

顔を真っ赤に染めて、両頬を手で押さえながら何やら一人悶えていた。

いったい何を想像しているんだろう？

「同人誌によって、想像力が随分《ずいぶん》と豊かになっているわね……」

「まぁまぁ、よろしいではないですか。二人とも知識がないよりは、片方でも知っていたほうがスムーズですよ」

何やらソフィアさんがシャルを見つめながら溜息を吐いたが、花音さんが楽しそうに笑いながらフォローをしている。

あちらはあちらで、いったいなんの話をしているのだろうか？

「元から日本文化に影響されて、漫画やアニメが大好きなのは知っていたけど、いつからああいうのに手を出していたのかしらね？」

「母親として心配になるのはわかりますが、深くお気になさらなくても大丈夫だと思います。結局は明人が相手になるだけですので、あの子ならシャーロットさんにどんなことをされても受け入れますよ」

うん、本当にいったいなんの話をしているんだ……？

花音さんが生暖かい目を向けてきたので、凄《すご》く気になる。

「――お嬢様の前で卑猥《ひわい》な姿を見せた場合、わかっていますよね？」

そして、後ろに回り込んできた神楽耶さんに、何か冷たいものを首筋へと当てられる始末。

今の間に、俺が悪かったことは一切ないと思うんだが……？

「肝《きも》に銘《めい》じておきます……」

「よろしい」

俺の返事で納得してくれたらしく、神楽耶さんは離れていった。

卒業後は姫柊家に入ることが決まっていても、彼女の俺に対する扱いは変わらない。

一生、このままな気がする。

「あーくん……」

シャルが、クイクイッと俺の服の袖《そで》を引っ張ってきた。

見れば、熱っぽい瞳で上目遣いをしてきている。

「どうしたの？」

俺は息を呑《の》みながら、物欲しそうな顔をしているシャルの目を見つめ返す。

なんとなく、何を求められているのかわかる気がするが……。

「…………」

シャルは、俺の腕に顔をグリグリと押し付けてくる。

多分先程の妄想で、スイッチが入ってしまったんだろう。

甘えたくて仕方がないようだ。

「……明人、私たちは別のお部屋を見てきますので、少しゆっくりしていてください。お荷物は、まだまだ届きませんからね」

花音さんが優しい笑みを浮かべながら、話しかけてきた。

シャルの様子に気が付いて、二人きりにしてくれるようだ。

引っ越しの荷物は、姫柊家の執事さんたちが持ってきてくれるようなのだけど、どうやらわざと遅らせてくれるらしい。

何から何まで、有難かった。

「それじゃあ、明人君、ロッティー。また後でね」

ソフィアさんも、寝ているエマちゃんを抱えながら笑顔で出ていった。

もちろん、神楽耶さんも二人に続いて部屋を出ていく。

おかげで、この部屋には俺とシャルだけになった。

「あーくん……」

二人きりになれたことで、再度シャルは物欲しそうな顔を向けてきた。

荷造りで離れ離れになっていただけでなく、精神的に参っていたので仕方がない。

「目を瞑《つむ》って」

「あっ……はい」

頬《ほお》に手を添えると、シャルは嬉しそうに目を閉じてくれた。

素直で本当にかわいい。

俺はシャルの顎《あご》に下から指を当て、ゆっくりと自分の顔をシャルに近付ける。

「ちゅっ……」

唇を合わせると、シャルのしっとりとした柔らかい唇の感触が伝わってきた。

そして――。

「あむっ……んっ……」

すぐに、シャルは舌を俺の口に入れてきた。

待ちきれなかった――とでも言わんばかりに、グイグイときている。

なんなら、足に踏ん張りを入れないと、シャルに押し倒されそうなくらいだ。

「あーくん……しゅき……」

のぼせているのか、シャルの呂律《ろれつ》がおかしくなっている。

目もトロンッとしており、熱があるのかと思うほどに顔も赤い。

そんな姿も、愛《いと》おしかった。

「うん……俺も、大好きだよ……」

舌を絡ませながらシャルを抱きしめ、優しく頭を撫《な》でる。

普段消極的なのに、こういう時グイグイとくるギャップは、俺に刺さってしまっていた。

「ぷはっ……はぁ……はぁ……」

息が苦しくなったんだろう。

シャルは口を離し、肩で息をする。

しかし──。

「もういっかい……」

一度で終わる気はないようで、呼吸が整わないうちに俺に口を近付けてきた。

「待って」

「………」

ストップをかけると、シャルはお預けを喰らった仔犬のような目を向けてくる。

かわいすぎて頭がおかしくなりそうだ。

「立ったままだとしんどいから、いったん座ろうよ」

そう言って腰を屈め、シャルの背中と足に手を回す。

そして──ゆっくりと、抱き上げた。

いわゆる、お姫様抱っこだ。

前にした時の反応で、シャルがこれを喜んでくれるのは既にわかっている。

「あーくん……困ります……」

だけど、シャルの反応は俺が思っていたものとは違った。

「えっ……？」

「こんなことされたら、気持ちが抑えられなくなっちゃいます……」

「…………」

なるほど、言わんとすることはわかる。

わかるんだけど――既に、ストッパーは利《き》いていないような……？

「誰も見ていないから、気にしなくていいよ」

ツッコミたい言葉はグッと呑み込み、シャルを抱き上げたままベッドへと腰を下ろす。

横向きになっているシャルは、ベッドに足を下ろし、俺の首に手を回してきた。

そして――。

「んむっ……ちゅっ」

先程と同じように、舌を絡ませてくる。

キス魔の彼女は、俺が許した以上もう止まらないかもしれない。

俺も、花音さんたちから声をかけられるまで、やめるつもりはなかった。

鍵《かぎ》をかけずに座ってしまったが、今更立ち上がってかけに行くのもどうかと思う。

せっかくの雰囲気《ふんいき》を、壊したくないのだ。

花音さんたちならドアノックをしてくれるだろうし、前みたいにキスに没頭していなければ気付けるはず。

そう思って、シャルとキスを続けていたのだけど——

『——おにいちゃん、どこぉおおおお！』

目を覚まして俺とシャルがいないことに気付いたエマちゃんが、涙目で飛び込んできたのだった。

……なるほど、こうきたか。

第二章「幼女はラーメンをお気に召す」

「――夕食は、明人《あきひと》の大好きなラーメンでどうでしょうか？」

エマちゃんが飛び込んできてから数時間が経ち、引っ越しの荷物も入れ終わった後、花音《かのん》さんが夕飯の提案をしてきた。

よく俺の好物なんて覚えていてくれたものだ。

「……あーくん、ラーメンがお好きだったのですか……？」

「えっ、そうだけど……？」

あれ、そういえば……シャルに言ったことないな……？

「どうして、教えてくれなかったのですか？」

シャルはプクッと小さく頬《ほお》を膨《ふく》らませ、拗《す》ねているような目を向けてきた。

もしかして、隠していたと思われているのか……？

ここで、言う必要がなかったから――なんて言ったら、みんなに怒られそうだ。

「……元々はラーメンが一番好きだったけど、今はシャルの手料理が一番好きなんだよ。だから、シャルの手料理を食べられたほうが嬉しくて、言わなかったんだ」

俺は咄嗟《とっさ》に考えたことを伝える。

もちろん、これは嘘じゃない。

少し前までなら、一番好きだったのはラーメンだけど、今ではシャルの手料理が一番好きなのだから。

「あーくん、ずるいです……」

シャルは頬を赤く染めて、俺から顔を逸《そ》らしてしまう。

口元はにやけているので、言葉とは裏腹に喜んでくれているようだ。

「私たち、お邪魔かしら？」

「お姉様、私のお部屋に行きますか？」

俺たちがいちゃついているように見えたんだろう。

温かい眼差《まなざ》しをこちらに向けながら、ソフィアさんと花音さんが腰を上げた。

なお、エマちゃんは現在俺の膝に座って猫の動画を見ているので、気にしていないようだ。

「気を遣って頂かなくて大丈夫です……」

笑顔でいなくなりそうな二人を、すぐに止めた。

晩ご飯をどうするかという話をしていたのに、俺たちのせいで遅らせるわけにはいかない。

特に、エマちゃんが怒ってしまうだろう。

食い意地はかなり張っている子なのだから。

「明人がシャーロットさんの手料理にメロメロなようなので、シャーロットさんにお願いさせて頂きたい――ところではありますが、本日はもうお疲れだと思います。ラーメンを食べに行きましょう」

わざわざ俺をからかうような言葉を交えて、花音さんは提案をしてきた。

先程からラーメンを推してきているが、この人が食べたいわけではないだろう。

俺が一番好きだったものだから、それを食べに行こうとしているだけだ。

「あーくんの大好きなものでしたら、私は賛成です」

機嫌を良くしたシャルは、ニコニコ笑顔で賛成してくれた。

俺の腕に抱き着きながら、肩に頭を乗せてきている。

母親が目の前にいても、お構いなしのようだ。

むしろ、見せつけている感すらある。

「私も賛成ね、エマにもラーメンを食べさせてあげたいし」

ソフィアさんが名前を出すと、エマちゃんがキョトンとした表情で顔をあげた。

だけど、ソフィアさんの視線が自分に向いていなかったことで、関係ないと思ったのか視線をスマホへと戻す。

そういえば……。

「イギリスって、ラーメンはあまりないのかな？」

海外の食文化にはそこまで明るくないので、シャルに尋ねてみる。

「イギリスにも、もちろんありますよ。特に、私たちが住んでいたロンドンではかなり人気がありまして、お店さんも沢山《たくさん》あったと思います。私も、昔は――」

そこまで言って、ハッとしたようにシャルは言葉を止めてしまう。

そして、チラッと顔色を窺《うかが》うようにソフィアさんを見た。

「お父さんとよく行ってたわね。お父さんもラーメンが大好きだったから。でも、エマが産まれてからは行ってないわ」

ソフィアさんはニコッと笑みをシャルに返し、昔のことを話してくれた。

シャルが言葉を止めたのは、ソフィアさんに気を遣ったんだろう。

彼女たちにとってラーメンは、お父さんとの思い出らしい。

シャルが来てからは、外食をする機会がなくなったので触れることはなかったが、下手《へた》をすると俺は地雷を踏む可能性があったというわけだ。

ソフィアさんとのわだかまりがなくなった今なら、大丈夫なようだけど。

「…………」

シャルに悲しい思いをさせてしまったので、俺は右手で彼女の左手と手を繋《つな》ぐ。

「あっ……」

気持ちが伝わったのか、シャルは嬉しそうに俺の顔を見てきた。

これで元気になってくれるのは、素直に嬉しい。

「お話も纏《まと》まったことですし、行きましょうか。いつもの、お店へ」

優しい笑みを浮かべる花音さんに促され、俺たちはラーメンを食べに行くのだった。

◆

「――ソフィアさん、ありがとうございました」

ラーメン店に着くと、車を出してくれたソフィアさんにお礼を言った。

新居の駐車場には車が二台停めてあったのだけど、二台ともソフィアさんのものらしい。

一台は、今回俺たちを乗せてくれた、八人乗りのミニバン。

そしてもう一台は、見たこともない外車だった。

シャル曰《いわ》く、イギリスにいた頃も一般的なファミリーカーを乗っていたそうなのだけど、花音さん曰く、昔からソフィアさんはああいったお高そうな車に乗っていたらしい。

シャルが見たことなかったのは、今まで社長だということがバレないように、隠していたんだろう。

「お姉様、ありがとうございました」

「本当に、申し訳ございません……」

俺に続いて、花音さんもお礼を言い、神楽耶《かぐや》さんは申し訳なさそうにしていた。

車の中でも、この人はずっとこの調子だった。

メイドさんである彼女にとっては、取引先の社長に運転してもらうのは居心地が悪かったんだろう。

出かける前に、花音さんによって無理矢理私服へと着替えさせられていたし、神楽耶さんはずっと落ち着かない様子だ。

正直、態度も服装も、珍しいものを見たと思っている。

「いいのいいの、私が運転したかったんだし。この車も、このために日本で買ったものだからね」

そう、最初は神楽耶さんがリムジンを回してくる予定だったのだけど、ソフィアさんが運転するとゴリ押ししたのだ。

立場的にソフィアさんのほうが上のため、神楽耶さんが折れた形になる。

「お母さんは、時々押しが強いですからね……」

そういうところはシャルと似てないな――と一瞬思ったけど、よく考えたらシャルも意外と押しが強いところがある。

丸々一緒ではないけど、やっぱり親子というわけだ。

『おにいちゃん、だっこ』

車内から、チャイルドシートに座っていたエマちゃんが俺のことを呼んできた。

ソフィアさんには悪いけど、母親がいても俺に抱っこを求めてくれるのは、凄《すご》く嬉しい。

『……私、明人君に負けちゃってる……』

うん、こちらに気付いたソフィアさんが、何やらショックそうな顔をしてる。

少し、申し訳なかった。

『――トマト、ラーメン？』

お店の中に入ろうとしていると、外の壁に貼ってあったラーメンの写真を見て、シャルが不思議そうに首を傾《かし》げた。

『明人は、中でもトマトラーメンがお好きなのです』

『トマトということは、さっぱりしているのでしょうか？』

シャルがそう想像するのも無理はない。

トマトと聞くと、サラダなどのさっぱりとしたものを思い浮かべやすいだろう。

しかし、ここのラーメンは違う。

トマトの酸味と甘味があってあっさりだけど、ラーメンらしくコクの旨《うま》さもあるのだ。

ニンニクもしっかりと利《き》いているけど、トマトのおかげで食べやすくなっているので、正直凄くおいしい。

『イタリア料理を思い浮かべるといいかもしれませんね。味はトマトスパゲッティに近いと思います』

『それは、楽しみですね』

シャルも期待してくれているようでよかった。

腕の中にいるエマちゃんも、体を揺らして楽しみにしてくれている。

そうして、中に入ると――。

「神楽耶、今回はあなたも一緒に座りなさい」

花音さんの後ろで立って待とうとした神楽耶さんに対し、花音さんは座るよう促した。

「ですが……」

「あなたが立っていると、他のお客様のご迷惑になるでしょ？　それに、シャーロットさんたちも落ち着いて食べることができません。ですから、あなたも一緒に食べなさい」

普通のお客さんは、従者を連れたお嬢様の登場に慣れていないので、一人だけ立って待っていると気になって仕方ないだろう。

ソフィアさんはともかく、シャルも同じで、神楽耶さんが食べないでいると気になってしまうはずだ。

だから、花音さんは一緒に食べるよう指示をした。

――まぁ、既に注目はされているのだが。

「おい、見ろよ……。あそこの席、やばくね……？」

「まじか、美人揃いじゃねぇかよ……！」

「綺麗《きれい》……芸能人の集まりかなぁ？」

「やっばぁ、美人すぎ！　サインもらえるかな!?」

ソフィアさん、シャル、エマちゃんは言うまでもなく、花音さんもかなりの美少女だ。

そして、怖い印象の強い神楽耶さんも、一般的には美人にあたる。

これほどの美人、美少女が揃っていれば、注目をされないわけがないのだ。

「あの、囲まれてる男は、いったい何者なんだ……？」

「俺、どこかで見たことがある気がするんだけど――そうだ、前に動画で見た奴だ……！」

「ねぇ、彼ってこの動画の人よね……？」

「うわ、まじ!?　ＳＮＳでつぶやこっかな……！」

どうやら、俺は別の意味で注目をされてしまったらしい。

やはりあの動画は、酷《ひど》く広まっているようだ。

スマホのカメラを俺たちに向けてくる人や、一生懸命スマホを弄《いじ》り始める人がいる。

「……止めますか？」

「「「ひっ!?」」」

神楽耶さんが視線を向けると、周囲の客たちが一斉に青ざめた。

神楽耶さんとしては、大切なお嬢様を守らないといけないので、仕方がない。

「そう殺気を立てるのは、おやめなさい。物事は、穏便に済ませませんと」

花音さんはそう言うと、立ち上がってお客さんたちに――ニコッと、優しい笑みを向けた。

そして、近付いていく――のではなく、馴染《なじ》みの店長さんに向かって歩いていく。

「騒ぎを起こしてしまい、申し訳ございません」

「おぉ！　なんかと思ったら、お嬢ちゃんじゃねぇか！　昔よりも大人っぽくなって、更に綺麗になったなぁ！」

店長さんは花音さんに気が付くと、ニカッと笑みを浮かべた。

中学時代の件があってからは、花音さんもこの店に来ていなかったようだ。

「いつも連れてた坊主《ぼうず》と、メイドの嬢ちゃんもいるじゃねぇか！」

店長さんは、嬉しそうに俺と神楽耶さんに視線を向けてきた。

二人して頭を下げると、ブンブンと手を振ってくれる。

昔と変わらず、気さくで人がいい。

……それにしても、昔とは違って今日の神楽耶さんはメイド服じゃないのに、よくわかったな……？

「いや～すっかり見なくなったから、もう来てくれねぇかと思ったぜ！」

「申し訳ございません。いろいろとありまして……やっと、お邪魔させて頂けるようになりました」

「そうかそうか、まぁ人生にはいろいろあるわな！　他の連れは友達か!?　やけに綺麗な人たちじゃねぇか！」

「明人の隣に座っている子が、明人の彼女さんなのです。他のお二方は、彼女さんのお母様と妹さんになります」

「ちょっ、花音さん!?」

いくら昔良くしてくれていた人とはいえ、そこまで説明しなくてもいいのでは!?

「ほ～！　そっかそっか！　おりゃあてっきり、坊主は嬢ちゃんとくっつくものだと思ってたがな、いや～すげぇ美人を捕まえたものだ！」

店長さんは、ニヤニヤとしながら俺とシャルを見てくる。

まるで、親戚《しんせき》の子供に彼女ができたかのような反応だ。

小さい頃から花音さんに連れられてきていたし、店長さんの中では俺と花音さん、そして神楽耶さんは似たようなものなのかもしれない。

「…………」

シャルは笑みを浮かべながらも、なぜか机の下で俺の手をギュッと握ってきた。

照れている――というわけではないだろう。

多分、俺と花音さんがくっつくものだと思ってたと言われたのが、嫌だったんだ。

「お似合いですよね」

「あぁ、そりゃあ違いねぇ！　坊主も立派になってるからな！」

どう見ても見た目では釣り合っていないはずなのに、店長さんは花音さんの言葉を肯定してくれた。

本当に、人がいい。

「ところで店長さん」

話がいったん終わると、花音さんは姿勢を正した。

ここから本題に入るのだろう。

「ん、どうした？」

「申し訳ないのですが、お客様たちに私たちのことを撮ったり、ＳＮＳで書いたりしないようにお願いして頂けますか？」

俺たちが直接注意するのは、トラブルの火種になりかねない。

こういう場合は、お店の人にお願いするのが筋だと思い、花音さんは店長さんのところに行ったんだろう。

こちらのほうが、神楽耶さんを差し向けるよりよっぽど穏便に済む。

「あ～、こりゃあ気が回らなくて悪かったな！　任せてくれ！」

「お願い致します」

快諾《かいだく》してくれた店長さんに対し、花音さんは深々と頭を下げて、こちらに戻ってくる。

店長さんはといえば、すぐにお客さんたちのもとに行き、注意をしてくれた。

もちろん、叱《しか》るようなことはせず、低姿勢でお願いをするという形だ。

「凄くご丁寧《ていねい》な御方ですね……」

周りのお客さんに注意して回る店長さんを見ながら、シャルは意外そうにする。

「口調や見た目からは、豪快で喧嘩《けんか》っ早《ぱや》いおじさんに思えてしまうだろうけど、人付き合いが上手《じょうず》な人なんだよ」

相手の懐《ふところ》にうまく入っていく人で、お客さんからの人気も高い人だ。

昔聞いた話では、店長さんと話したくてお店を訪れる人もいるのだとか。

――まぁ、言っていたのは店長さんなので、そこの真偽は不明なのだけど。

「さぁさぁ、何を注文するか決めませんと」

「明人様、どうぞ」

花音さんの言葉に反応し、神楽耶さんが俺にメニュー表を渡してきた。

見れば、既に花音さんとソフィアさんも、メニュー表を手にして眺めている。

『何がいい？』

俺は、両脇に座っているシャルとエマちゃんにメニューが見えるようにしながら、尋ねた。

『あーくんは、もう決まっているのですか？』

『俺はトマトラーメンだね』

トマトラーメン以外にも、しょうゆラーメンや、とんこつラーメン、しょうゆとんこつなどの一般的なラーメンや、つけ麺などもある。

だけど、俺はここに来たらいつもトマトラーメンにしていた。

『トマトラーメンには、チーズ入りもあるんですね』

こんがりと焼かれた大きいチーズが載った、トマトラーメンの写真をシャルは指さす。

『うん、そっちもおいしいよ。味がマイルドになる感じだね』

『結構違うのですか？』

『そうだね、同じトマトラーメンとは思えないくらい変わるよ。後は、トマト系のラーメンは麺を食べた後に、替え飯をするのもおすすめだね』

トマト系ラーメンの場合、麺の替え玉が頼めるが、麺の代わりにご飯を入れることで、リゾット風にして食べることもできる。

ご飯もガーリック入りだったり、チーズ入りだったりと選べるので、おすすめなのだ。

『私、そこまではお腹に入りませんね……』

シャルは細い見た目通り、小食な子だ。

ラーメンを食べた後にご飯も、となると大変らしい。

『…………』

シャルは何か考えごとをした後、チラッとエマちゃんを見る。

『エマは、どれがいい？』

エマちゃんは一人で食べきれないので、エマちゃんが選んだものにして分けるのだろう。

『んっ、おにいちゃんといっしょ』

迷うことなく、エマちゃんは俺が頼むと言っていたトマトラーメンを指さした。

カタカナは全然読めないはずだけど、トマトと聞いて赤いものだとわかったのだろう。

『よかった、それでしたらエマと分けることになりますので、私も替え飯というのを食べることができますね』

『そうだね、花音さんたちは決まりましたか？』

俺は目の前に座っている花音さんと、その両脇に座っているソフィアさん、神楽耶さんを見た。

『私は、チーズ入りトマトラーメンにします』

花音さんはいつも、ここで食べる時はチーズ入りのほうを選んでいた。

こうして昔と同じものを頼もうとしていると、懐かしい感情が湧き上がってくる。

『ん～、私は明人君が大好きっていう、普通のトマトラーメンにしようかな』

ソフィアさんは、俺と同じものにしたようだ。

問題は、神楽耶さんだろう。

まだ主人と一緒に食べるのを躊躇《ためら》っているようだ。

『神楽耶、私の命令が聞けないのですか？』

花音さんは、笑顔で神楽耶さんに尋ねた。

もちろん、花音さんも神楽耶さんの気持ちは理解しているだろう。

むしろ、上流階級の世界では主人と従者が食事を共にするのは珍しいわけで、花音さんの考えのほうが変わっていることになる。

それでも花音さんは、俺たちや周りに気を遣ってくれているのだ。

『いえ、そういうわけでは……』

『慣れてくださいね、これからこういった機会は増えると思いますので』

『かしこまりました……』

花音さんが今後も俺やシャルと出かけるつもりなら、外食をする場面は出てくるだろう。

神楽耶さんは基本的に花音さんの傍にいるので、一緒に食べてもらわないと悪目立ちする。

俺たちとしても、神楽耶さんが一緒に食べてくれるほうが有難いのだ。

『難しいことは考えなくていいの。主が望んでいる以上は、それが全てだからね』

見かねたようで、ソフィアさんも笑顔で肯定した。

この人自身、神楽耶さんがいるのに自分で運転していたくらいだから、花音さんに賛同するのはわかる。

……いやむしろ、ソフィアさんが運転したのは、この状況を見越していたのかもしれない。

ソフィアさんは、本来従者である神楽耶さんの仕事を、奪ったようなもの。

そういった型破りなことを先にしている以上、彼女は神楽耶さんが一緒に食べたりしても文句を言わない、というのが神楽耶さんにも伝わる。

そうやって、少しでも神楽耶さんが受け入れられるよう、配慮《はいりょ》したんじゃないだろうか？

『お姉様のおっしゃる通りです。万が一他の者から何かを言われても、私の命令に従っているだけだと答えればいいのですから。むしろ、私の命令を無視するほうが、問題があります』

『はい、お言葉に甘えさせて頂きます……』

神楽耶さんは、ゆっくりと首を縦に振った。

『ふふ、それでいいのです。私と一緒に食べましょう』

花音さんは、嬉しそうに頷《うなず》いている。

もしかしたら、元から神楽耶さんと一緒に食べたかったのかもしれない。

『花音さんにとって、神楽耶さんは特別なのでしょうか？』

二人の様子を見ていて気になったんだろう。

シャルが俺にコッソリと聞いてきた。

『主人と従者という関係ではあるけど、神楽耶さんは花音さんが幼い頃から面倒を見てくれているからね、やっぱり特別だとは思うよ』

『幼い頃って……神楽耶さん、結構お若いですよね……？』

見た目から想像できる年齢で逆算すると、計算が合わないいんだろう。

シャルが戸惑うのも無理はない。

『神楽耶さんの家は、代々姫柊家に仕えているんだ。だから、学生の頃から面倒を見てる感じだね』

『漫画の世界のようです……』

感心したように、シャルは神楽耶さんを見る。

その目は熱を秘めており、漫画やアニメが好きな彼女に刺さったんだろう。

ただでさえ、メイドさんということでシャルは神楽耶さんに興味津々《しんしん》なのに、更に惹《ひ》かれたようだ。

その後、神楽耶さんはトマトラーメンを選んだ。

主である花音さんと同じものにするのは避け、他のみんなが選んでいるものにしたんだろう。

そうして、ラーメンが来ると――。

『んっ……！』

エマちゃんは、ワクワクとした表情で、小分け用の器《うつわ》を俺に差し出してきた。

『エマ、私のをあげるから、器を貸して』

『やっ……！　おにいちゃんのがいい……！』

シャルが手を差し出すと、エマちゃんは首を左右に振って器を引っ込めてしまった。
『私のは、あーくんのと同じラーメンだよ？』
『おにいちゃんのがいい……！』
どうやら、ラーメンの味ではなくて、俺からもらいたいようだ。
『それじゃあ、私のをあげよっか？』
俺からもらうのは良くないと思っているのか、ソフィアさんが手を差し出す。
『やっ……！』
しかし、エマちゃんは再度首を左右に振った。
『…………』
おかげで、ソフィアさんが悲しそうな表情をしてしまう。
『エマちゃん、貸して』
『んっ……！』
俺が手を差し出すと、エマちゃんは嬉しそうに器を手に置いてきた。
この子なりに、何かこだわりがあるんだろう。
『あーくんのが、足りなくなっちゃいます……』
『いいよ、足りなければ替え玉をすればいいんだし』
俺はラーメンを取り分けた器をエマちゃんに渡しながら、シャルに応える。

エマちゃんは食い意地を張る割に、幼いので沢山《たくさん》食べることはできない。

さすがに店長も、これで替え玉をするのは許してくれるだろう。

『あっ、それでは、私の分からエマの分をあーくんが取ってください。そしたら私も、替え飯を食べることができますので』

そういえば、元々シャルは自分の分からエマちゃんの分を取ることを計算して、注文していたんだった。

そう考えていると――。

『んっ……！』

エマちゃんが、また器を差し出してきた。

『えっ、もう食べたの!?』

『おい、しい……！』

どうやら、味を気に入ってすぐ食べてしまったようだ。

このペースの早さ、もしかすると……？

『エマ、私のを――』

『いや、いいよ。俺のをあげるから』

ちょっと気になることがあり、俺は再度同じ量をエマちゃんに渡す。

『あーくん……』

シャルは、申し訳なさそうな表情を向けてくる。

俺の食べる量が減っているからだろう。

『大丈夫だから、気にしなくていいよ』

『では、こちらを……』

そう言ってシャルは、俺がエマちゃんに分けた二回分の倍の量を渡してこようとする。

こんなにもらうと、シャルが全然食べられない。

『いや、さすがにそんなにはもらえないよ』

『ですが……』

『大丈夫大丈夫。もう一杯ラーメンを注文するから』

見てる感じ、エマちゃんはまだまだ食べられそうだ。

一杯近く食べそうな勢いなので、それならラーメンをもう一つ注文したほうがいい。

そうしている間にも、器が空《から》になったエマちゃんが、物欲しそうに俺を見ているわけだし。

『では……』

シャルは先程よりも量を減らし、俺の器の中に入れてきた。

普段彼女が食べている量から考えても、適当なものだろう。

『おにいちゃん……』

『うん、器貸してね』

エマちゃんが俺の顔色を窺《うかが》ってきたので、笑顔で器を受け取る。

子供なのだから、遠慮《えんりょ》せず食べたらいいんだ。

『はい、どうぞ』

『んっ、ありがと……！』

エマちゃんはパァッと明るい表情になり、ふぅーふぅーと息を吹きかけながら、ラーメンを食べる。

俺はその間に、同じトマトラーメンを注文した。

「明人君、いい男すぎるわね……。絶対、いいお父さんになると思うわ」

「はい、本当にそう思います。私にとっては、自慢の弟ですね」

なんだか、花音さんとソフィアさんが温かい目で俺を見ながら、内緒話をし始めた。

視線がくすぐったい。

「――ねぇ、あの人が本当に、チームメイトたちを陥《おとしい》れた人なの……？」

「そのはずなんだけど……そうは、見えないよね……？」

「うん……。だって、凄《すご》く優しそうっていうか……優しいし……」

「もしかして、根も葉もない噂《うわさ》だったんじゃ……？」

周りも、俺たちのことをチラチラと見ながら、何か話しているようだ。

何を言っているかはわからないが、隣に座っているシャルがニコニコ笑顔になったので、多分いいことを言われているんだろう。

攻撃的な感情を向けられないのなら、それで十分だ。

――俺はその後もエマちゃんにラーメンをよそいながら、新しくきたラーメンを食べるのだった。

なお、エマちゃんは一人前のラーメンを食べきったので、よほど気に入ったんだろう。

さすがに替え飯は入らないようだったけど、一人前も食べられたのが凄い。

俺が大好きなものをエマちゃんも気に入ってくれたので、とても嬉しいのだった。

第三章　「彼女へのプレゼントのために」

引っ越しをしてから三日目、シャルは俺から全然離れなくなった。

いや、正確には、俺が花音《かのん》さんやソフィアさんと二人きりにならないよう、ついてきている感じだ。

別にやましいことはないのだけど、これではシャル抜きで相談したいことができない。

だから俺は、困っていた。

「――失礼致します。シャーロット様、湯浴みの準備が整いました」

ベッドの上で、シャルが俺にくっついて甘えてきていると、神楽耶《かぐや》さんがノックをして部屋に入ってきた。

「はい、ありがとうございます。それでは、お風呂に行ってきますね」

シャルは俺に対してニコッと笑みを浮かべながら、ベッドから立ち上がる。

お風呂の順番はちゃんと決めており、シャルと花音さんが日付ごとに交代で先に入り、二人が入った後はソフィアさん、その次に俺が入り、最後はメイドの神楽耶さんが入るようになっているのだ。

元々は子供たち優先とソフィアさんが言ったのだけど、エマちゃんはソフィアさんと一緒に入ることになったので、俺より先に入ってもらうことにした。

シャルと花音さんに関してはお互いが譲《ゆず》ってしまうので、それなら順番は交互にしたらいいとソフィアさんが提案したため、こうなっている。

決める段階では、シャル的には俺に先に入ってほしかったようだけど、やっぱりそこは女性陣を優先したほうがいいと思う。

神楽耶さんに関しては、姫柊《ひめらぎ》家と違いこの家には使用人用のお風呂がないので、最後に入っているという感じだ。

「本当に、お背中をお流ししなくてよろしいのでしょうか？」

普段花音さんの体を洗っているという神楽耶さんは、シャルの体も自分が洗ったほうがいいと思うようで、初日からずっとこの質問をしている。

「は、はい、お恥ずかしいので、大丈夫です。それに……」

シャルはチラッと熱っぽい瞳を俺に向けてきた。

何か言いたそうだけど……。

「なるほど、それは確かに私が先になってしまっては、困りますね」

なぜか神楽耶さんは、俺に蔑《さげす》むような目を向けてきた後、シャルに笑顔を向けた。

相変わらず、俺と俺以外の人とでは、扱いの差が激しい。

「あ、あの、深い意味はなくて……！」

シャルは一瞬にして顔を赤く染め、胸の前で小さく両手を振って誤魔化《ごまか》す。

「ええ、ベネット社長には内緒にしておきますので、ご安心ください」

「そうではなくて……！　本当に、勘違いです……！」

よくわからないが、先程シャルが俺に視線を向けてきたことに関して、神楽耶さんが勘違いしたようだ。

察しが良すぎる彼女にしては、珍しい。

……というか、シャルの反応的に、多分勘違いではないのだろう。

まぁ、野暮《やぼ》なことは言わないのだけど。

シャルはそのまま、神楽耶さんと一緒に部屋を出ていく。

――俺は、この時を待っていた。

シャルが急に戻ってきたりしても大丈夫なよう、数分部屋で待ち、彼女が戻ってこないことを確認すると、俺は花音さんの部屋へと向かう。

「――明人《あきひと》です、今よろしいでしょうか？」

ドアを三回ノックした後、俺はドア越しに尋ねた。

《ええ、もちろんです。どうぞ中へ》

花音さんの許しを得て、俺はドアを開ける。

そして、中に入ると——

「——夜這《よば》いか？」

背後から拘束《こうそく》され、首元にヒンヤリとした冷たいものが当てられた。

神楽耶さんの手のようだ。

「そんなわけ、ないですよ……」

俺はダラダラと流れる自身の汗を感じながら、ゴクッと息を呑《の》む。

殺気に中《あ》てられ、生きた心地がしない。

「神楽耶、明人にいじわるをするのはおやめなさい」

呆《あき》れた表情で溜息を吐く花音さんが、命令によって神楽耶さんを止めてくれる。

「命拾いしましたね」

神楽耶さんは耳元で囁《ささや》くと、俺を解放してくれた。

なぜこんなことで、命の危険を感じなければいけないのだ……。

「……神楽耶の歪んだ愛にも、困ったものですね……」

「えっ、何か言いましたか？」

「なんでもありません」

花音さんが何か呟《つぶや》いた気がして尋ねたのだけど、笑顔で誤魔化されてしまった。

「お話があるのでしょう？　こちらに来てください」

花音さんはソファからベッドへと移動し、俺に手招きをしてくる。

ベッドの上で話そうということなのだろう。

なんの用件で俺が来たのか、すぐに察するのはさすがだ。

「失礼します」

「姉弟なのですから、そこまでかしこまらなくてよろしいのですよ？」

花音さんの隣に腰を下ろすと、彼女は俺の頭に手を置いてきた。

そして、ゆっくりと丁寧《ていねい》に頭を撫《な》でてくる。

正確には、高校を卒業するまでは姉弟じゃないのだけど……この人は、どうしても俺を弟扱いしたいらしい。

「まだ慣れなくて……」

「ふふ、ゆっくりでいいので、慣れてくださいね」

温かい笑顔を向けられ、心が落ち着く。

花音さんの声は、相手を落ち着かせる不思議な効果があるのだ。

シャルと同じく綺麗《きれい》な声色でありながら、大人の女性を彷彿《ほうふつ》とさせる落ち着いたものだからだろう。

彼女が歌う子守唄は、幼子をすぐに眠らせてしまうほどだ。

「それで、どういったご相談ですか？」

「もうすぐ、シャルの誕生日じゃないですか？　プレゼントをしたくて、そのためにお金を稼《かせ》ぎたいんです」

十二月二十五日クリスマスは、シャルの誕生日。

出会い、付き合い、そして婚約者になってから迎える、初めての彼女の誕生日だ。

彼女の記憶に一生残り、喜んでもらえるようにしたいと思っている。

そのために俺が彼女にあげたいものは、結構な額必要になってしまうのだ。

「お金であれば、毎月あなたの口座に振り込まれていましたよね？　あれには、生活費とは別に明人のお小遣いも入っています。チェックは私がしていましたが、学生でなくても十分すぎるほど貯金をしてありますよね？」

確かに、姫柊家からお金は振り込まれていて、俺は普段必要なものはそのお金から出していた。

シャルたちが来るまでは、ほとんど遊びなどにお金を使わないようにしていたし、シャルたちが来てからも、いうほど使ってはいない。

ましてや、シャルが料理してくれたおかげで食費は大分節約できていたので、正直学生とは思えない額の蓄《たくわ》えはあるのだ。

でも、今回はあそこからお金を出したくない。

「元々あれは、今まで頂いた分を全額返すために、貯めていたところがありますので……」

自分で稼げるようになったら、今までもらったお金を全て返すつもりでいた。

使っていなければ当然、その分を返済に充《あ》てられるので、貯めていたわけだ。

「まじめなあなたですから、そんなところだとは思っていましたが……」

花音さんは、仕方なさそうに溜息を吐く。

返さないでいいと言われたものを、返そうとしていることに対する溜息だろう。

「今は、状況が違いますよね？　明人が高校を卒業すれば、私たちの家族になることが決まりました。もう返す必要もありませんので、自由に使ってよろしいのですよ？」

家族になるのだから返す必要がない、という考えはわかる。

しかしだからといって、はいそうですか、と頷《うなず》けるものでもないわけで――。

「元々、特別推薦《すいせん》の資格を得ることができても、姫柊の一員として迎えてもらえる約束だったと思いますが、その頃から返そうと思っていたことなので……」

最初から姫柊の人間になっても返そうと思っていたのだから、どのみち返すという考えに変わりはないのだ。

「違いますよ」

「えっ？」

何やら真剣な表情で手を取られ、俺は思わず花音さんの目を見つめてしまう。

「五日前までは、特別推薦の資格を得たところで、姫柊の名前を得るだけでした。それは、家族として迎えられるわけではないのです」

確かに……言われてみれば、そうだ。

戸籍だけ家族になっても、実際は使い勝手のいい駒《こま》として扱われていただろう。

家族として認められるわけではない。

「ですが、今はもう家族として明人を迎えることに決まっています。名前を得るために形だけの家族となったのか、正式な家族になったことで名前も得たのか、では全然違うと思います」

少しややこしいかもしれないが、どちらが目的でどちらがついでなのか、の違いというわけだ。

「花音さんが、ちゃんと俺を家族として認めてくれているのはわかっています」

「でしたら、返すなんていう寂しいことをおっしゃらないでください」

義理のために俺は返すべきだと考えているが、花音さんの捉え方は違うようだ。

寂しいということは、俺が家族として思っていない、と受け取ったのかもしれない。

「そういうつもりではなかったのですが……」

「わかっています、明人がまじめすぎるということは。ですが、家族だと思ってくださっているのなら、返そうとしないでください」

ここは、いったん保留にしておいたほうが良さそうだ。

そもそも、この話をしに来たわけではないのだし。

「花音さんのことは、姉のように慕《した》っていますので」

今まで花音さんのことは、姉ではなく先輩として見ていた。

いくら花音さんが俺を弟扱いしようと、やっぱり家族ではない以上姉として見ることはできなかったのだ。

だけど、これからはもう姉弟になると決まっている。

それなら俺も、花音さんのことをお姉さんだと思うようにした。

……お姉さん呼びは、今更できないけど。

「今回に関しては、自分で稼いだお金で買ってあげたいんです」

これが、貯金を使わない理由だ。

姫柊家からもらったお金では、よくないと思っている。

しかし、今から普通にバイトをしようにも、一週間ちょいしかない状況ではいろんな意味で間に合わない。

もっと早く準備していればよかった話ではあるが、その時にはまだ、今買おうとしているものは頭に過《よぎ》ってすらなかったのだ。

「なるほど、それで私を頼ってきたわけですか。日雇いバイトに、当てがあれば紹介してほしいということですね？」

やはり頭がキレる人なだけあって、皆まで言わなくてもわかるようだ。

俺はバイトをしたことがないし、残り期間までに日雇いバイトで雇ってもらえるかどうかすらわからない。

何より、怪しいバイトに引っかからないとも限らないのだ。

その辺の不安要素を解消するなら、詳しい人に聞いたほうがいいと思った。

「私は、なるべく明人の意思は尊重したいと考えていますが――一つ、疑問があります」

花音さんは俺の手から自身の手を離し、姿勢を正しながら観察するようにジッと俺を見てくる。

「シャーロットさんがお風呂に行かれたタイミングで来たということは、この話は彼女に知られたくない――つまり、サプライズでプレゼントをしようとしているわけですよね？　となると、働いている時間に関して、シャーロットさんに嘘を吐いて誤魔化《ごまか》すおつもりですか？」

花音さんが気にするのはもっともだ。

俺とシャルは四日前に、もう隠し事はなしにしようと約束したばかり。

約束をした時に花音さんはいなかったが、引っ越しの時にソフィアさんがそのことに触れていたので、察したんだろう。

「シャルと隠し事はなしにしようと約束した手前、喜ばせるためとはいえ、隠れて働くのはどうなのかな、とは自分でも悩んでいます」

サプライズとはいっても、プレゼントが用意されていることくらい、シャルはわかっているだろう。

俺がサプライズにしたいのは、プレゼントの中身だった。

だけどそれは、《誕生日当日にシャルに見せて、喜んでもらいたい》という俺の気持ちによるものだ。

要は、気持ちの押し付けになる。

いくらシャルに喜んでもらうためとはいえ、そんな自己都合で約束を破ることには、抵抗が出てきてしまうのだ。

「まず最初に、当たり前のことではありますが、約束を破るのは良くありません」

花音さんは、そう前置きをする。

「ですが、今回の明人とシャーロットさんの約束に関しては、正直相手を喜ばせるためなら良いのではないか、という気持ちが私にはあります」

どうやら、今回の件に関しては、約束を破ることを必ず悪いと思っているわけではないようだ。

「お二人が隠し事をやめようと約束した理由としましては、後ろめたいことや悪いことを隠してしまうと、状況を悪化させたり、相手との信頼関係に影響を及ぼしてしまうから――ではないですか？」

「そう、ですね……」

約束の場では、そこまで深く考えて約束したわけではないが、だいたいはその通りだろう。

「では、そこに関しては、問題ないでしょう。お相手のためになるから——という理由で隠されていたことに対して、怒る御方はそうはいないでしょうからね」

そこに関しては——か。

つまり、他に問題があるというわけだ。

「私が気になりますのは、何を優先しないといけないのか、というのを明人が見誤っているのではないかということです」

花音さんは淡々と言ってくる。

怒っている——わけではなさそうだけど、不満は持っていそうだ。

先程、花音さんが《疑問》と言って聞いてきた真意は、そこについての確認だったのかもしれない。

「どういうことでしょうか……？」

「誕生日プレゼントとは、なんのために渡すのでしょうか？」

花音さんは俺の質問に答えてくれなかった。

まずは考えろ、ということなのかもしれない。

「お祝い——いえ、相手に喜んでもらうためです」

「そのためには、何を一番大切にしないといけないと思いますか?」

何をって――相手の気持ち、だよな……?

「シャルの気持ちだと思います」

「では、現在明人がされようとしていることを思い返してみましょう。あなたが働いている時間、シャーロットさんは寂しい思いをされるのではないでしょうか?」

「あっ……」

確かに、隠し事をしてしまうことに頭がいってしまい、働いている間シャルがどういう思いをするのか、ということは気にも留めていなかった。

今でさえ離れたがらない甘えん坊な彼女が、何も思わないはずがないのだ。

「大切にしないといけないことを、見誤ってはいけませんよ? 頂いているお金を使うことに躊躇《ちゅうちょ》する気持ちがわからないわけではありませんが、あなたはまだ子供で、養われている側です。お小遣いを頂くことは当たり前ですので、一般的なお小遣いで買えるものにしたらどうでしょうか? 彼女は、どんなものでもあなたからのプレゼントであれば、喜んでくださいますよ」

「…………」

お金ではなく、時間を大切にしろ、ということなんだろう。

普段なら、俺もこれで納得できるところなのだけど……。

どう返すべきか、言葉にすることができない。

花音さんが言っていることはわかるし、正しいとも思う。

だけどやっぱり、今回ばかりは自分で稼《かせ》いだものでプレゼントしたくて――タイミングも、今回を逃すわけにはいかないのだ。

「――花音様、少々よろしいでしょうか？」

悩んでいると、珍しく神楽耶さんが話に割って入ってきた。

「どうなさいました？」

花音さんは笑顔で神楽耶さんに視線を向ける。

「私の立場でご提案をさせて頂くのは恐縮なのですが、明人様にはこの家の家事をして頂き、お給与をお支払いするというのはどうでしょうか？　料理は明人様とシャーロット様のご希望により、シャーロット様がしてくださっていますが、他にもやることはありますので。私のお手伝いをして頂くわけですから、その分私の給与より引いて頂いてかまいません」

凄《すご》く、意外だった。

まさか神楽耶さんが、俺に助け舟を出してくれるなんて。

「ということですが、どうなさいますか？　この形にするのであれば、シャーロットさんは明人と一緒にいられますし、表面上は、家事のお手伝いをしているだけと誤魔化すことができますよ？」

神楽耶さんの提案を受け、花音さんは笑みを浮かべながら俺に確認をしてくる。

正直、嬉しい提案ではあるが――。

「そんな、家の手伝いみたいなことでもらうわけには……」

「私の仕事を、侮辱《ぶじょく》していますか？」

渋ると、神楽耶さんに殺気を含んだ目を向けられてしまった。

「い、いや、そういうつもりではなくて……！」

俺は慌てて首を左右に振る。

侮辱したつもりは一切ないのだけど、確かに先程の発言は、神楽耶さんの仕事を否定するようなものだ。

失言にもほどがある。

「それでは、お話はまとまりましたね。ただし、神楽耶の給与から天引きは致しません。それくらいの甲斐性《かいしょう》がなければ、主として不甲斐なさすぎますから」

どうやら俺の発言により、ちゃんと仕事だと認めたことになったようだ。

いや、まぁ……神楽耶さんレベルになれば家事も埃《ほこり》一つ見逃さないレベルで凄いし、花音さんの面倒も付きっきりで見ているので、凄いお仕事だとは思う。

でも、俺にあのレベルができるかといえば――はっきり言って、無理だ。

とはいえ、そんなことを言える空気でもない。

「ありがとうございます……お言葉に、甘えさせて頂きます」

場の空気だけでなく、シャルのことを考えたらこの形にしてもらうのが一番だろう。

もう下手《へた》に遠慮《えんりょ》するのは、やめることにした。

「ところで、最後に一つよろしいでしょうか？」

話は終わり——と思ったところで、花音さんが俺の耳元に口を寄せてきた。

「な、なんでしょうか……？」

思わず、身構えてしまう。

「そこまでして、いったい何を買うおつもりなのですか？」

花音さんは珍しく、ニマニマとして楽しそうに俺を見てくる。

これは——下手しなくても、バレているかもしれない。

「言わないと、駄目ですか……？」

「強制は致しませんが、知りたくはありますね。それに、物によっては私が口利《くちき》きをすることができますし」

大金持ちというだけでなく、人柄が良い花音さんは顔が広い。

俺も失敗は絶対したくないことなので、力になってもらえるのは素直に有難かった。

ただ……凄く、恥ずかしい。

「あの、他言無用でお願いしますね……？」

「もちろんです、姉弟の秘密ですね」

花音さんはニコニコ笑顔で耳を貸してくれる。

神楽耶さんも気になるようで、ジッと見てきていた。

この距離だと、聞かれてしまうかもしれないが……俺は、小声で彼女に教えるのだった。

◆

「――あら、明人君」

花音さんの部屋を出て廊下《ろうか》を歩いていると、ソフィアさんに出くわした。

腕の中では、エマちゃんが気持ちよさそうに寝ている。

「エマちゃん、寝ちゃったんですね」

「せっかくだから散歩に連れていったんだけどね、眠たくなっちゃったみたい」

現在エマちゃんは、ソフィアさんの部屋で暮らしている。

とはいえ、そう決まっているというだけの話で、エマちゃんは気分によって母親の部屋だったり、俺たちの部屋に遊びに来たりなど、自由にしていた。

今日は、ソフィアさんに甘えたい気分だったようで、彼女の部屋に行っていたのだ。

「お母さんと一緒に暮らせるようになって、エマちゃんも嬉しそうですね」

「……ごめんなさいね、この子の面倒を見せさせちゃって」

「えっ……？」

エマちゃんの寝顔を見ていたので顔を上げると、ソフィアさんが申し訳なさそうに俺の顔を見ていた。

もしかしたら、嫌味に聞こえたのかもしれない。

「すみません、そのことに文句があって言ったわけではなくて……」

「大丈夫、ちゃんとわかってるから。ロッティーは今、お風呂なのかしら？」

一緒にいないからだろう。

キョロキョロと周りを見ながら、ソフィアさんは尋ねてきた。

「そうですね、何か用事があるなら伝えておきますよ？」

「いえ、そういうわけではないの。せっかくだし、私のお部屋で話さない？」

用があるのは、シャルじゃなく俺だったようだ。

とはいっても、雑談程度なのだろうけど。

さて、どうしたものか……。

ソフィアさんに誘われるのは嬉しいし、まだ再会してからゆっくりとお話ができていない。

話せる機会に話したいとは思うのだけど……シャルがいても、それはできると思う。

まぁ、シャルが嫉妬《しっと》し始める可能性が、無きにしも非《あら》ずなのだけど……。

お母さん相手だとより一層、目の敵《かたき》にしている節があるしな……。

「駄目かしら……？」

ソフィアさんは顔色を窺《うかが》うように、俺の顔を覗《のぞ》き込んでくる。

年上ではあるけれど、身長は俺のほうが大きいので、上目遣いになっていた。

シャルとエマちゃんのお母さんなため、半端ないレベルの美人だし、こんなことをされたら並大抵の男は落ちてしまう。

俺にはシャルがいるから、大丈夫なのだけど。

「そう、ですね……。大丈夫です」

話したそうなので、俺は頷《うなず》いてしまった。

一人でお風呂に入れるようになったシャルは、長風呂をするようになったのでまだ戻ってこないだろう。

長引きそうだったら、引き上げて別の日にしてもらえばいい。

「よかった、それでは行きましょう」

笑顔になったソフィアさんに連れられ、俺は彼女の部屋についていった。

「お風呂に入る時に、この子を起こさないと」

ソフィアさんはエマちゃんをベッドに寝かせ、優しく頭を撫《な》でる。

その表情は、優しくて温かい笑みを浮かべており、娘を愛している母親のようにしか見えない。

幼くて一番かわいい時期だろうし、エマちゃんと離れていた時間は、ソフィアさんにとっても辛《つら》かったんじゃないだろうか。

「隣においで？」

ソフィアさんはソファに腰掛けると、隣をポンポンッと叩く。

どうしてみんな、隣に座らせようとするんだろうか？

「失礼します」

「そんなに、かしこまらなくていいのに」

隣に座ると、仕方なさそうな笑みを向けられてしまった。

表情は違うけれど、先程の花音さんが重なってしまう。

「どうしても、まだ……」

「十年ぶりぐらいなのだし、仕方がないと思うわ。次第に、慣れてくれればいいから」

やはり、同じようなことを言われてしまう。

どちらも落ち着いている大人の女性という感じなので、似たところがあるんだろう。

「ありがとうございます……あの、お話とは？」

「私ね、明人君にとても感謝しているの。前にも伝えたけど、ロッティーを救ってくれてありがとうね」

ソフィアさんは、優しさに溢《あふ》れた笑顔でお礼を言ってきた。

その姿が、十年近く前の姿に重なってしまう。

「そんな大袈裟《おおげさ》な……」

俺は照れくさい気持ちを誤魔化《ごまか》すように、彼女から視線を逸《そ》らす。

シャルを救ったというほどのことも、してはいない。

「大袈裟ではないのよ？　あなたがいなければ、今もあの子は罪悪感に苛《さいな》まれていたはずだから」

そう言われ、日本に来たばかりのシャルを思い出す。

必要以上にエマちゃんのことを優先し、まるでエマちゃんのためだけに生きているかのような彼女を。

それは、自分のせいで死なせたかもしれない、という罪悪感によってだった。

ここ数日は、エマちゃんのことを気にしていながらも、ちゃんと俺に甘えてきている。

ソフィアさんが、エマちゃんの面倒を見てくれていることもあるのだろうけど、シャルの中でもわだかまりがなくなって、切り替えられたんだろう。

思えば、シャルは次第に自分の素直な気持ちを俺に言うようになっていたし、ソフィアさんとの誤解が解ける前でも、エマちゃんに対して嫉妬心を覚えるようになっていた。

彼女の中で、次第に変わっていっていたようだ。

「でも、俺がいなくてもソフィアさんなら、どうにかしたと思いますが……」

俺には未だに彼女の底が見えていないし、一緒にいて安心できるほどの頼もしさもある。

頭もキレる人なのだから、どうにかしたんじゃないだろうか。

「五年以上、どうすることもできなかったのに？」

ソフィアさんは、自虐《じぎゃく》的な笑みを浮かべてしまう。

エマちゃんがお腹にいた頃起きた事故ということは、それくらい時間が経っている。

当然その間に手は尽くしただろうが、効果はなかったというわけだ。

「それでも、ソフィアさんは諦めなかった。だから、俺とシャルは出会うことができたんですよね？」

前に話を聞いた感じでは、シャルのためにならないのなら、多分あの子を連れてきてはいないと思う。

おそらく、別の手段で俺の問題は解決しようとしてくれたはずだ。

娘に政略結婚をさせていないように、いくら知り合いのためとはいえ、娘を犠牲《ぎせい》にしたりはしないだろうからな。

「ごめんね、明人君を利用するようなことして」

「利用だなんて……助けて頂いたわけですし、何よりシャルと付き合えて俺は凄《すご》く幸せですから、謝らないでください。俺のほうこそ、ソフィアさんには感謝をしているんです」

普通なら俺なんかのような男と、シャルみたいな全てにおいて素敵すぎる女の子が、恋人になるなんてありえない。

それこそ、シャルが大好きな漫画の世界くらいだ。

「そう言ってもらえると、私も救われるわ」

ソフィアさんはホッと胸を撫でおろす。

やっぱり強引な手段を使っていたせいで、気にせずにはいられなかったんだろう。

俺たちが仲良くなれるイベントを用意はしてくれたけれど、結局は俺たちの意思に任せてくれていたのだから、気にしなくてもいいのに……。

口調は変わっていても、優しいお姉さんのままで安心する。

「ソフィアさんに安心してもらうためにも、頑張ってシャルに見合う男になります」

実の娘とはいえ、シャルがどれだけ素敵な子かということは、ソフィアさんもわかっているだろう。

心の中では、俺なんかよりもっといい男がいるのに——と思われていても、不思議じゃないのだ。

ハードルは凄く高いのだけど、それでもソフィアさんに後悔《こうかい》されないような男にならないといけない。

しかし——。

「何言ってるの、明人君は既に十分すぎるほど素敵な男性になっているわよ？」

彼女は、キョトンとした表情で首を傾《かし》げてしまった。

「そんなお世辞《せじ》は、言ってもらわなくても大丈夫なので……」

「お世辞なんかじゃないわよ。明人君は私との約束を果たして、立派な男性になっている。自信を持ってそう言えるわ」

真剣な表情で言ってくるソフィアさん。

確かに、お世辞やおだてのようには見えないが――それは、買い被《かぶ》りすぎじゃないか……？

「そうですかね……？」

「花音ちゃんや神楽耶ちゃん、そしてロッティーが認めるような男の子なんて、そうそういないわよ？　みんな、理想が高いんだから」

理想が高い？

初耳なんだけど？

というか、なんでそこで神楽耶さんが出てくるんだ……？

「神楽耶さんには、嫌われていると思いますが……？」

「あ～、あの子の場合は特殊ね、うん。立場的問題もあるし」

なんだか一人納得したように、ウンウンと頷くソフィアさん。

何が特殊なのだろう？

「と言いますか、花音さんも神楽耶さんも、そもそも俺を恋愛対象としては見ていないと思いますが……？」

花音さんは完全に弟扱いだし、神楽耶さんは――なんだろう？

シバク対象？

少なくとも、男として見られていないのは確かだ。

「まぁ恋愛対象では見てないわね。でも二人とも、ちゃんと明人君のことを一人の男性として認めているし、自分の理想な男性に弟を育てるのなんて、珍しくないでしょ？」

つまり、花音さんが教育などで手を回して出来上がったのが今の俺だから、彼女の理想を体現しているということか？

さすがに、強引すぎると思うが……。

「関係が違えば、もしかしたら――は、あったと思うわ。ロッティーの前では、口が裂けても言えないけどね」

ソフィアさんは、かわいらしくウィンクをしてくる。

弟として見ていたり、主の弟分として見ているから恋愛対象にならなかった、と言っているんだろう。

シャルに聞かれたら不安にさせてしまうし、ヤキモチを焼かせてしまいそうな内容だ。

「でも俺、見た目全然かっこよくありませんよ？」

不細工《ぶさいく》と思っているわけではないけど、かっこいいとも思っていない。

アイドルなどのイケメンと並んでしまったら、影が薄れてしまうだろう。

「みんな、見た目は気にしてないよ。その代わりに、中身の良さを凄く求めてるからね。まぁ私は、明人君の顔も十分かっこいいと思ってるけどね？」

どうやら、気を遣わせてしまったらしい。

完全に子ども扱いされている。

まぁ、今更いいんだけど……。

「あはは……ありがとうございます。ですが、シャルはそんなに理想が高いですかね？　そんな気はしないのですが……」

俺は彼女の前で情けない姿や、ウジウジしている姿も見せてしまっている。

それなのに彼女は、俺のことを好きだと言ってくれているんだ。

そこまで理想が高いとは思えない。

「まず、とても優しくて、何をしても受け入れてくれる包容力があるってことは必須で、その上頭が良くて、困った時に必ず助けてくれる頼もしさも必要でしょ？　それだけでなく、甘やかしまくってくれることや、他の人にも慕《した》われているような人じゃないと駄目で――正直、三人の中で一番理想が高いまであるんじゃないかしら？」

指を折りながら、スラスラと語るソフィアさん。

よくこんなにも出てくるものだ。

「そこまでわかるものなんですか……？」

「私の娘だもん、当然見てればわかるわ。それに、私の理想がそうだし」

それは、ソフィアさんの理想ってだけで、シャルも同じとは限らないのでは……？

というか、ソフィアさんも甘えん坊なのか。

意外過ぎるけど……さすが、親子だ……。

「俺は、全然満たせていないような気がしますよ……？　特に、周りから慕われるどころか、嫌われていましたし」

出会った初日に、そのことはシャルも目にしている。

だからやっぱり、シャルの理想とは違うんじゃないだろうか。

「理想ってだけで、全てを満たさないといけないわけじゃないけど――明人君、自分のことを卑下《ひげ》しすぎね。そこは良くないと思うわ」

「うぐっ……！」

笑顔で、ドストレートをぶち込んでくるソフィアさん。

絶対、心の中で《めんどくさい奴》って思われている。

こういうところは、シャルと違うだろう。

というか、昔は歯に衣《きぬ》着せぬ人ではなかったから、俺が成長したことで容赦《ようしゃ》がなくなったのかもしれない。

「明人君が学校でどんなふうに過ごしているのか、というのは当然花音ちゃんから聞いていたわ。もちろん、高校でもね」

監視をつけられていたわけだし、美優《みゆ》先生もいたから花音さんに筒抜《つつぬ》けだったんだろう。

さすがに、今は嫌われムーブをしたことを後悔している。

そのせいで、シャルに迷惑をかけてしまい、辛《つら》い思いもさせてしまったのだから。

「周りに慕われる人とはいっても、実際に慕われている必要はないの。この人は、他の人からも好かれるだろうなぁって性格がいいと思っているだけで。ロッティーはちゃんと明人君の本当の性格を見ていたし、訳アリだということも理解していたから、気にならなかったんだと思うわよ？」

実際シャルは俺を好きになってくれているわけなので、ソフィアさんの言う通りなのかもしれない。

それに多分、エマちゃんに好かれていたことが大きいんだろう。

あの頃のエマちゃんは、家族以外に心を許さなかったようだし、そんな子が心を許している相手は、信頼できると思われたんじゃないだろうか。

俺がどういう人間かは、エマちゃんと接する姿をずっと近くで見ていて、観察していたわけだし。

「まぁ、好きになってもらえてよかったと思います」

「それどころか、かなり依存してしまっているくらいだしね」

「あはは……」

彼女との関係を母親に知られているのは、かなり照れくさい。

幸い依存に関して、ソフィアさんは問題視していないから助かるのだが。

人によっては依存なんて駄目だと言って、引き剝《は》がそうとするだろうからな。

「もう明人君がいないとだめな子になってるからね、しっかり責任を取ってよ？」

まぁ、俺に責任を取らせればいいだけだから、問題視していないだけかもしれないけど。

婚約者にもなっているのだし、離れる心配はないもんな。

「必ず、彼女を幸せにすると約束します」

「ええ、信頼しているわ。あの子かなり重いし、受け止められるのなんて明人君くらいだと思うわ」

自分の娘に対しても、容赦がない。

そういえば、同人誌の件でも容赦がなかったな。

意外と怖い人だったのか……？

「大丈夫です、凄《すご》くかわいいと思っていますから」

「ふふ、それは有難いわ。あの子、昔からあまりこだわりとかなくて、他の子と比べても自分のものに対する執着がない子なのよね。その反動のせいなのか、一度好きになったものに対しては熱中して、凄く執着しちゃうのよ。独占欲がかなり強くなって、嫉妬《しっと》しまくるの」

彼女が、好きなものに熱中するタイプというのはわかる。

漫画とかアニメ、コスプレの話になれば、周りが見えなくなっていると思うレベルで語ったりする子だ。

独占欲や嫉妬が激しい姿も見ているわけで、その通りなんだと思う。

だけど——そんな彼女も、俺は凄くかわいいと思ってしまうのだ。

俺も十分、彼女にのぼせているだろう。

「その言い方ですと、シャルは好きな男の子がいたんでしょうか？」

嫉妬という言葉が出てきたことから、物の話をしているだけではないと思った。

多分、人に対して起きたことだ。

「好きな男の子というか、お父さんにはそうだったわね。私がお父さんと話していると、両方に嫉妬して拗《す》ねていたから」

語られたエピソードは、思った以上に微笑《ほほえ》ましいものだった。

両方ということは、お父さんだけでなくソフィアさんも大好きな子だったんだろう。

今のソフィアさんに接する態度からだと考えづらいが、幼かった頃ならありえる。

エマちゃんがいるのもあって、簡単に幼女時代の嫉妬しまくりシャルが想像できた。

「後は、男の子じゃないけど、女の子で仲いい友達ができた時も凄かったわね。その子が他の友達と遊ぶと、エマみたいに頬《ほお》をパンパンに膨《ふく》らませて帰ってきてたから」

女の子なら、安心だ。

やっぱり昔から、エマちゃんと似たようなところはあったらしい。

今も根は子供のようなところがあるし、本質は似た者姉妹なのだろう。

「その子とはどうなったんですか？」

「同じ高校だし、一緒に学校に通ってたから、今でも連絡を取ってるはずよ？」

それにしては、シャルはその子に会えていないのに、平気なんだな……。

「もうその頃には、その友達に依存していなかったのですか？」

「エマが生まれた頃から、しなくなったみたいね」

つまり、そこをきっかけにシャルが成長をした――わけではなく、気持ちを我慢するようになったんだろう。

お父さん代わりにならないといけなかったから、他の人に甘えられなくなったんだ。

それにしても……どうしてシャルは、その子のことを何も言わないんだろう？

仲良しの子なら、教えてくれてもいいと思うんだけど……。

まぁ、タイミングがなかっただけか。

「安心してね。今のシャルにとって一番はまず間違いなく明人君だし、友達と彼氏とでは、やっぱり違うものだから」

俺が嫉妬して詳しく聞こうとしている、とでも思われたんだろうか？

笑顔でフォローされてしまった。

「大丈夫ですよ、シャルに仲のいい友達がいて、嬉しいだけですから」

「……この余裕の違いは、なんなのかしらね……？」

なんだか、仕方なさそうな笑みを向けられてしまった。

シャルと比較されているんだろうけど、そもそも相手が女の子の時点で嫉妬なんてしないかららな。

シャルだって、別に彰《あきら》相手には嫉妬しないだろうし。

……嫉妬、していないよな……？

なんだか自信がなくなってきた。

「まぁということで、ロッティーは嫉妬深いから気を付けてね？　明人君、今やモテモテのようだし」

結局は、そのことが言いたかったようだ。

ただ、ちょっと待ってほしい。

「花音さんがなんて言ったのか知りませんが、俺は別にモテていませんよ……？」

告白だって、シャルからしかされていないのだし。

いや、球技大会の時になんか聞こえてきた気はするけど、あれはその場のノリだしな……。

「………」

ソフィアさんは、なぜか可哀想《かわいそう》なものでも見るかのような目を向けてきた。

凄く物言いたげだ。

「えっと……？」

「明人君、自覚がなかったとしても修羅場《しゅらば》は生まれるものだから、気を付けるようにね？」

ポンポンッと肩を叩かれ、《頑張れ》と言われているように感じた。

何かを諦められた気がする。

「一応、嫉妬させてしまった時には甘やかすということで、対策はしていますので……」

「明人君の体が持つといいわね」

ニコッと優しい笑顔で、とんでもないことを言ってくるソフィアさん。

いったい彼女には何が見えているというのだ。

「俺、そんなにやばそうですか……？」

「まぁ公認の関係になっている以上、心配は少ないかもしれないけど……明人君は、無自覚ムーブをしそうで怖いわね」

「なんですか、それは!?」

深刻そうな顔で言われ、思わずツッコんでしまう。

「人の心は、そう簡単に制御できないものだからね。天然ジゴロにならないようにしたほうがいいと思うわよ？　もう、手遅れかもしれないけど」

なぜか、諦めたように遠い目をするソフィアさん。

簡単に言えば、相手を惚《ほ》れさせないように気を付けろってことか？

そんな心配、いらないと思うけど……。

「さて、お話をしすぎちゃったわね。そろそろシャルがお風呂から上がるかもしれないから、もう戻ったほうがいいかしらね？」

時計を見れば、いつの間にか結構時間が経っていた。

花音さんの部屋にいた時間と合わせると、まずいかもしれない。

「すみません、もう戻りますね……！」

「ええ、またお話をしましょう」

俺が立ち上がってペコッと頭を下げると、ソフィアさんは手を振りながら見送ってくれた。

急いで、部屋に戻ると――

「…………」

――シャルが、ベッドに座って待っていた。

遅かったようだ。

「あっ、お風呂から上がったんだね？　花音さんにはもう伝えた？」

なるべく平静を保ちながら、笑顔で話しかける。

戻ってきたばかりなら、俺が少し部屋にいなくても、トイレに行っていたと思ってもらえるだろう。

しかし――。

「………………」

顔上げたシャルは、涙目になりながら頬を小さく膨らませていた。

うん、これ絶対バレてるな……。

「えっと、あの……」

「………………」

シャルは立ち上がり、無言でベッドに視線を向ける。

多分、《座れ》と言っているんだろう。

その考えは合っていたようで、俺が座るとシャルはすぐに膝の上に座ってきた。

断りもなく座ってくるなんて珍しい。

よほど怒っていそうだ。

シャルはそのまま、グリグリと顔を俺の胸に押し付けてくる。

言葉では怒らず、無言のアピールのようだ。

もしかしたら、束縛《そくばく》にならないよう我慢しているのかもしれない。

「ごめん、ちょっと花音さんとソフィアさんと話していただけで、やましいことはないんだ」

下手《へた》な言い訳はせず、事実を伝える。

すると、シャルは顔を上げて、涙目で俺のことを見てきた。

「いいんです、これは私の我《わ》が儘《まま》ですから……」

シャル抜きであの二人と話すことを怒るのは、違うと思っているんだろう。

だから文句を言わず、我慢して甘えてきているようだ。

本当に、まじめでいじらしいというか……。

「俺はシャルのことが大好きだし、シャル以外を恋愛的な意味で好きになることはないよ。ましてや相手は、シャルのお母さんや、俺のお姉さんになる人なわけだし……それでも、何か嫌なのかな？」

こういう時、ただ我慢させるのではなく、ちゃんと感情を吐き出させたほうがいい。

ここ数日、なんで警戒されているかもわからなかったし、いい機会だと思う。

「怖いんです……」

「えっ、何が？」

声を絞《しぼ》り出すようにして教えてくれたシャルに対し、意味を理解できなかった俺は更に尋ねてしまう。

「お母さんは、あーくんの憧れのお姉さんだった人で……花音お姉さんは、あーくんのお姉さんではありますが、血の繋《つな》がっていない幼馴染《おさななじみ》であり、とても綺麗《きれい》な大和撫子《やまとなでしこ》さんです……。あーくんが、私なんかよりもお二人のことを選ぶんじゃないかと、怖いんです……」

シャルは、ギュッと俺の胸元を握ってきて、体を震わせる。

冗談で言っているわけじゃないだろう。

俺の行動が、軽率《けいそつ》すぎた。

俺もシャルの憧れていた男性が現れたり、幼馴染のかっこいい男性が現れたりして、ましてや一緒に暮らしているとなれば、気が気じゃない。

ここ数日のシャルは、そんな思いをしていたのに我慢していたんだ。

せめて、自分の目が届く範囲で話していてほしかったんだろう。

「ごめんね、辛《つら》い思いをさせて」

俺はシャルを抱きしめながら、優しく頭を撫《な》でる。

「謝らないでください……。私が、おかしいだけなので……」

「おかしくなんてないよ。俺だって逆の立場だったら、シャルのように思ってるだろうから」

嫉妬《しっと》が激しい子ではあるけれど、この気持ちが間違いだなんて思わない。

「あーくん……」

シャルは頬を俺の頬にくっつけてきて、スリスリと甘えてくる。

お互いの体温を感じやすいし、柔らかいから好きなんだろう。

俺はそのまま、彼女の好きにさせておく。

「………………」

数分経つと、シャルはゆっくりと頬を離した。

そして、熱っぽい瞳でジッと俺の顔を見つめてくる。

次に進みたくなったんだろう。

「キス……」

「うん、目を瞑《つむ》って」

物欲しそうにおねだりしてきたシャルにお願いすると、彼女は目を閉じて顎《あご》を上げる。

準備万端と言わんばかりの彼女に、俺はゆっくりと口を近付けた。

口がくっつくと、シャルは積極的に舌を絡めてくる。

普段清楚《せいそ》でおしとやかな彼女のこんな姿、誰に想像ができようか。

学校のみんなには、思いも寄らないだろう。

「――俺はシャルのものだから、安心してね」

息継ぎをする間、シャルの頬をソッと撫でる。

「あーくんは、優しすぎます……。そんなに優しくされてしまうと、離れられなくなるんですよ……？」

シャルが甘えん坊だったり、俺と一緒にいたがるのは、俺が甘やかすからだ――とでも言いたいのかもしれない。

「むしろ、離れてほしくないかな」

シャルに甘えられるのは大好きだし、傍にいてくっついていたい。

だから、離れられなくなるなら、俺にとっては好都合でしかないのだ。

ただ、それで彼女に辛い思いをさせてしまうのは、また別の話になってくるのだけど。

「どんどんと、沼に落とされちゃいます……。それも、底なし沼に……」

シャルはそう言いながら、俺の首に顔を当ててきた。

そして――ゾクッとした感覚が、首筋に走る。

どうやら、キスをしてきているようだ。

しかも、勢い強く吸っていて、時間的にも長い。

これ……キスマークが付いてしまって、花音さんたちにからかわれるのでは……？

そう思うものの、今のシャルを止めることなんてできない。

せっかく素直にしたいことをしているのに、ここで止めてしまうとまた我慢させることになるからだ。

後で絆創膏《ばんそうこう》を貼っておけばいいだろう。

それにしても……もしかしたらこれは、自分のものだというマーキングをしているのかもしれない。

「んっ……」

やがて、シャルは口を離す。

「満足した？」

「まだ……」

そう言うと、今度は俺の口へと自分からキスをしてきた。

俺はしっかりと受け止め、彼女とキスを繰り返す。

「…………」

時間が経つのも忘れて、何度も繰り返しキスをしていると——シャルは、ソッと俺の胸へと手を添えてきた。

熱っぽく瞳を潤す表情は完全にのぼせており、次を求めているのがわかる。

「あの——」

——コンコンコン。

「——っ!?」

シャルが何か言おうとした時、タイミングがいいのか悪いのか、ドアがノックされてしまった。

「は、はい……！」

俺はすぐに返事をし、シャルは慌てて膝の上から降りて、肩をくっつけるように隣へと座り直した。

「失礼致します。お取り込み中のところ申し訳ございませんが、お風呂が空《あ》きましたので、明人様どうぞお入りください」

部屋に入ってきたのは神楽耶さんで、ソフィアさんたちがお風呂から上がったことを伝えに来たようだ。

シャルも俺も顔が真っ赤になっているため、おそらくいちゃついていたことはバレている。

「わかりました、すぐに行きます」

「あっ……」

俺が立ち上がると、シャルが寂しそうに見てきた。

「なるべく早く、戻ってくるからね」

俺が入らないと、神楽耶さんがお風呂に入れないので、そこは優先しないといけない。

だから、シャルの頭を撫でて我慢してもらった。

「――また、お預け……」

部屋を出る際、何かシャルが呟《つぶや》いた気がしたんだけど――。

「羽目を、外さないでくださいね？」

先に部屋を出た神楽耶さんが自身の首を指さし、冷たい目を向けてきたので、俺はそれどころではなくなるのだった。

絆創膏、するの忘れてた……。

第四章「美少女留学生は興奮する」

翌日から、俺は家事を任されるようになった。

とは言っても――。

「ここに埃《ほこり》が残っていますね、やり直しです」

神楽耶《かぐや》さんによるスパルタ指導のもとで、掃除《そうじ》をしているだけなのだけど。

学校から帰ってきて、ずっとこれをしている。

「あの、私も手伝いますよ……？」

傍で見ていたシャルが、助け船を出してくれた。

しかし――。

「どこに出しても恥ずかしくないように、叩きこんでいるだけですので、シャーロットさんは見ていてくださいね。一週間ほどで終わらせるために、少々きつくなっているだけですから」

花音《かのん》さんが、うまく理由付けをしてくれている。

姫柊《ひめらぎ》家の一員になったばかりというのもあって、シャルもそういうものだと思うしかない。

「家事は、私が全てしますよ……？」

——と思ったのだけど、シャルは納得しなかった。

「シャーロットさんの気持ちもわかりますが、明人《あきひと》を甘やかすわけにもいきませんので。最低限は、身に着けて頂きませんと」

「最低限……？」

シャルは首を傾《かし》げながら、戸惑いがちに俺と神楽耶さんを見てくる。

「舌で舐《な》められるくらい、床を綺麗《きれい》にするのです。まだまだ磨《みが》きが甘いですよ」

「はい……！」

神楽耶さんに睨《にら》まれながら、俺は必死に床を雑巾で拭いていた。

「……やりすぎですよね？」

正直、俺もシャルと同じことを思ってしまう。

いくらなんでも、そこまで綺麗にしなくてもいいんじゃないかと。

しかし——神楽耶さんは、というか、姫柊家のメイドさんや執事さんは本当にそのレベルで掃除をしていた。

だから姫柊家は、まるで建てたばかりの屋敷かのように、綺麗なのだ。

「レベルを下げることは可能ですが、その分期間が延びてしまいますよ？　そうなりますと、お二人の時間は——」

「――あーくん、頑張ってください……！」
どうやらシャルは、うまく丸め込まれてしまったようだ。
俺たちにとって一番大事なのは、二人きりの時間だもんな……。
『んっしょ、んっしょ！』
ちなみに、俺のすぐそばでは、エマちゃんが見よう見まねで雑巾がけをしていた。
自分から率先《そっせん》してやっているので、俺と同じことがしたいんだろう。
花音さんも、今後の勉強のためということで、エマちゃんの参加を認めている。
『エマちゃん、しんどくない？』
『んっ……！』
一応声をかけてみると、元気のいい返事をしてくれた。
最近サッカーをして遊んでいるからか、まだまだ足腰も余裕そうだ。
負けてはいられない。
そのまま俺は、神楽耶さんにしごかれながら掃除をしていく。
そして、全部屋掃除が終わると――。
「買い出しに行きましょう」
神楽耶さん、シャルと一緒に買い出しに行くことになった。
これはいつものことだけど、今日はエマちゃんがお留守番だ。

掃除で疲れたらしく、既にお昼寝をしていた。

あの子のことは、花音さんが見てくれるらしい。

「あーくんはお疲れなのですから、家でお待ち頂ければ……」

俺のことを心配してくれるシャルが、顔色を窺《うかが》うように言ってきた。

「ううん、大丈夫だよ。荷物持ちが必要でしょ？」

前までは三人分でよかったけれど、今は倍の六人分だ。

当然、食材の量も多くなる。

「それに、シャルと一緒にいられる時間は大切だから」

俺はシャルの左手に指を絡ませる。

「あっ……」

シャルは頬《ほお》を赤らめ、嬉しそうに俺の顔を見てきた。

先程まで一緒にいたとはいえ、俺はずっと掃除をしていたので、甘えたがりの彼女には少し寂しい思いをさせていただろう。

こういう時に、甘やかしておきたい。

「………」

神楽耶さんは、《隙《すき》あらば、いちゃつきますすね》とでも言わんばかりの冷たい目を向けてくるが、シャルが気にしてしまうため言葉にはしないようだ。

俺たちから距離を取り、二人だけの空間を作ってくれる。

「今日は、何が食べたいですか？」

「シャルの好きなものでいいよ」

彼女の手料理は、お世辞《せじ》抜きにおいしい。

栄養バランスも考えながら作ってくれるし、こちらから何かを求める必要はないのだ。

「私は、あーくんが食べたいものをお作りしたいです」

繋《つな》いでいる手をニギニギと握ってきながら、シャルは俺の肩へと頭を乗せてきた。

甘えん坊のスイッチが入ったようだ。

俺は車が来ても大丈夫なように、周囲に気を配りながら歩いていく。

こういうのを傍《はた》から見れば、バカップルに見えてしまうのだろうか？

神楽耶さんの視線が痛い。

「シャルの手料理はどれもおいしいから、なんでもいいんだけど……エマちゃんは、何が食べたいだろうね？」

掃除も頑張って手伝ってくれたのだし、今日はエマちゃんに好きなものを食べさせてあげるほうがいい。

まぁ、肝心《かんじん》なエマちゃんがここにはいないのだけど。

「あーくんは、いつもエマが一番ですね？」

「シャルもでしょ？」

俺よりも、シャルのほうがエマちゃんを優先的に考えている。

最近では結構変わってきたとはいえ、やっぱり幼い子だから優先はしてしまうのだろう。

「私たちにとってあの子は、妹でありながらも、子供みたいなところがありますからね。どうしても、優先してしまいますよね？」

「………」

どこか遠くを見ているような目で、シレッととんでもないことを言ってくるシャル。

言っている本人は、自覚がないのだろう。

まぁ、婚約者にまでなったのだし……今更な気もするけど。

「エマちゃんみたいな子供がほしいね」

「あっ……！」

俺の言葉で、自分の失言に気付いたんだろう。

シャルは慌てて口を手で塞《ふさ》ぐけれど、もう言ってしまった言葉はなかったことにできない。

顔は、みるみるうちに真っ赤になっていく。

「あ、あの、先程のは他意はなくて……！　本当に、エマのことを娘みたいに思うところがありまして……！」

「あはは、大丈夫だよ。前に、シャルが母親役で、俺が父親役をするって話もしたくらいだしね」

いくら実の妹とはいえ、年齢の差があって幼いので、娘のように思ってしまうのもわかる。

俺たちが夫婦になることを意識して、シャルは言ったわけじゃないだろう。

「ですが……」

シャルはまだ何か言いたいことがあるのか、俯《うつむ》いて俺の指を自身の指で擦り始めた。

そして――

「私も、エマのような子供がほしいです……。すぐにでも……」

――俺の顔を見上げてきたシャルは、熱に浮かされたような表情で言ってきた。

今度は、自分がどういうことを言っているかの自覚はあるのだろう。

相変わらず、こういう時は積極的な子だ。

それにしても……まさか、《すぐにでも》と言われるなんて……。

さすがに、気持ち的にという意味だろうけど。

「うん、そうだね」

俺は照れくさい気持ちになりながらも、シャルに笑顔を返した。

きっと、俺たちの間にはエマちゃんのような子供が生まれると思う。

そうなったら、二人とも凄《すご》く甘やかしそうだ。

「早く、大人になりたいです……」

「焦らなくても、直《じき》になれるよ」

とはいっても、子作りはだいぶ先かもしれない。

来年には成人を迎えるとはいえ、まだ俺たちは高校生だ。

自分で稼《かせ》いでいるわけでもないし、高校を卒業したら就職ではなく、大学に行くのが今考えている進路だ。

そう考えると、やっぱりまだまだ先になる。

最低でも、自分で稼げるようになってからじゃないと。


「……本当に、早く……。もう、我慢できませんよ……」


何やらシャルは、ブツブツと呟《つぶや》いていた。

また俺の指をサスサスと自身の指で擦りだしたので、何か言いたいことがあるのかと思ったけど——彼女は俯いている。

どうやら、独り言のようだ。

俺は下手《へた》にツッコむことはせず、手で甘えてくるシャルに癒《いや》されながら、スーパーに向かうのだった。

◆

土曜日の朝――。

「シャーロットさん、私と遊びに出かけませんか？」

突然、花音さんがシャルを遊びに誘った。

「えっ、私ですか……？」

シャルは明らかに戸惑ってしまう。

花音さんから遊びに誘われるなど、思ってもみなかったんだろう。

「駄目ですか？」

「いえ、そういうわけでは……！」

悲しそうな表情を花音さんが浮かべてしまったので、シャルは慌てて首を左右に振る。

完全に花音さんのペースだ。

事前に誘うのではなく、当日誘っているのも彼女の策略だろう。

「で、では、あーくんもご一緒に……！」

神楽耶さんがいるとはいえ、実質花音さんと二人きりで遊ぶのは緊張するのか、シャルが助けを求めるような目で俺を見てきた。

いつもなら、俺もシャルの誘いに乗ってあげるところなのだけど……。

「私はシャーロットさんと二人きりで遊びたいです、駄目でしょうか？」

「どうして、私と二人きりでなのですか……？」

一緒に暮らし始めたとはいえ、決して親しいと呼べる間柄ではないシャルは、戸惑いながら花音さんへと尋ねる。

俺を抜きにしようとする動きが、腑《ふ》に落ちないいんだろう。

「女の子同士でしかできないお話も、ありますよね？　いろいろとお尋ねしたいこともありますので」

「…………」

ニコニコと素敵な笑みを浮かべている花音さんに対し、シャルは怯《おび》えるような涙目で再度俺を見てきた。

なぜか、花音さんを怖がっているようだ。

「優しい人だから、大丈夫だよ？」

シャルが怯えている理由はわからないのだけど、この心情で連れ出されるのも可哀想《かわいそう》なので声をかけてみた。

すると、シャルは背伸びをして、俺の耳元に口を寄せてくる。

「花音お姉さんに、怒られてしまうでしょうか……？」

「えっ、なんの話……？」

シャルが花音さんを怒らせたことに心当たりがないため、俺は尋ね返してしまう。

「その……あーくんを私が取ってしまったので、恨まれている可能性が……」

なるほど、改めて二人きりで話をしようということで、シャルは身構えたというわけだ。

まぁ、普通の男女の関係であれば、そうなる可能性もあるのかもしれないけど……。

「花音さんは俺たちのことを祝福してくれていたんだし、根に持つような人でもないよ。今回は本当に、シャルと遊びたいだけだと思う」

正直なことを言うと、花音さんはシャルと遊んだり話をしたりしたいだけではない。

俺のために、シャルを連れ出してくれようとしているのだ。

「大丈夫でしょうか……？」

花音さんと知り合って間もないシャルが、不安になるのも仕方がない。

相手を良く知らない以上、心の中で何を考えているのかなんてわからないのだから。

「心配しなくていいよ。何かあれば、すぐに連絡しておいで」

前にシャルの提案で、俺たちはお互いの位置がスマホでわかるようにしている。

何かあった時、居場所がわかるように――とのことだったのだけど、こういう時にも役に立つのだ。

逆に言うと、彼女に俺の居場所もバレてしまうので、行き先に対する理由付けも必要なのだけど。

「姉妹仲を深めるためのものですから、ご心配なさらないでください」

俺たちの会話が聞こえていなくても、表情や状況で大体何を話しているかはわかったんだろう。

花音さんが笑顔で補足をしてきた。

「大丈夫です……」

シャルは頑張って笑みを浮かべ、誘い自体は断らない。

花音さんは俺の姉になる人なので、俺の婚約者であるシャルからすれば義姉にあたる。

だからシャルも、《花音お姉さん》と呼んでいるのだけど、そんな人からの誘いは無下《むげ》にできないんだろう。

相手の家族にはなるべく好かれていたい、というのが一般的な考えだろうから。

「それに、明人には家事の練習がありますし、私のお使いによって岡山駅《おかやまえき》のほうに行って頂く必要もございますので、ご一緒はできないのです」

「えっ……？」

家事はともかく、お使いなんていう話を聞いていなかったシャルは、戸惑ったように俺を見てくる。

「…………」

そして、《私もそちらに行きたいです……》とでも言いたげな目を向けてくるのだけど、今回ばかりは叶えてあげられない。

わざわざ花音さんがシャルを連れ出してくれるのは、俺が買うものをシャルに知られないようにするのが目的なのだから。

「エマちゃんは連れていくから、安心してね」

現在エマちゃんは、ソフィアさんの部屋でまだ寝ている。

ソフィアさんは休日出勤をするそうなので、俺が面倒を見ることになっていた。

こうしておくとシャルからすれば、花音さんが本当にシャルと二人きりで話したいように見えるだろう。

「…………」

今度は、《エマは連れていくのに、私はだめなのですか……？》という、不満そうな目を向けてきた。

言いたいことはわかるのだけど、気付かなかったフリをさせてもらう。

「花音さん、くれぐれもシャルに無理はさせないでくださいね」

「もちろんです。姉妹仲良くお買いものをしたり、カフェデートをしたりするだけですので」

うん、なんでわざわざデートって言ってきた？

この状況すら楽しんでるだろ？

「デ、デートってそんな……！　私にはあーくんがいますので……！」

花音さんの戯言《たわごと》を真に受けてしまい、シャルは顔を赤くして俺の腕に抱き着いてきた。

エッチな方面の知識は豊富そうなのに、やっぱりこういうところは純粋な子だ。

「ふふ、仲がよろしくて、微笑《ほほえ》ましいです」

必死なシャルに対し、余裕な花音さん。

二人の今後が、簡単に想像できてしまった。

「それはそうと明人、こちらを」

俺とシャルを笑顔で見ていた花音さんは、傍で黙って見ていた神楽耶さんから受け取ったものを、俺に渡してきた。

「眼鏡《めがね》？」

渡されたのは黒縁《くろぶち》の眼鏡で、意図が見えない。

別に視力は悪くないし……。

「度が入っていない、伊達《だて》メガネというものです。レンズはUVカットになっていますがね」

「――っ!?」

花音さんが説明してくれると、シャルがソワソワとし始めた。

期待したように、チラチラと俺の顔を見てくる。

「こちらを付けていれば、知り合い以外にはわからないでしょう？　あなたは有名になってしまっているので、街に出るのであれば自衛したほうがよろしいです」

なるほど、確かにそうすれば、変な奴に絡まれることはなさそうだ。

エマちゃんに関しては、猫耳フードを被《かぶ》らせておけばいいだろう。

猫耳がついていれば、喜んで被る子だからな。

「ありがとうございます」

俺はお礼を言って、花音さんから眼鏡を受け取る。

――クイクイ。

突如、服の袖《そで》を引っ張られた。

「どうしたの？」

服を引っ張ってきたシャルに視線を向けると、彼女は落ち着きなく口を開く。

「あの、今おかけにならないのですか……？」

どうやら、俺の眼鏡姿が見たいらしい。

「眼鏡に慣れてないし、出る時にしようかな」

あまりにも見たそうなので、少しだけ焦らしてみる。

もしかしたら、かわいくおねだりしてもらえるかと思って。

だけど――。

「…………」

シャルは、おねだりするどころか、シュンと俯《うつむ》いてしまった。

無理強《むりじ》いはできないと思って、我慢したのかもしれない。

「冗談だよ、これでどうかな?」

悲しませたいわけではなかった俺は、急いで眼鏡を装着する。

それにより、顔を上げたシャルの表情はパァッと明るくなった。

「素敵です……! とても素敵です……!」

よほど刺さったんだろう。

シャルは珍しく興奮している。

「やはりインテリ系に見えるものは、明人と相性が良いですね。とても賢そうに見えます」

花音さんも満足そうにウンウンと頷《うなず》いていた。

おそらく、彼女が選んでくれたんだろう。

「さて、シャーロットさん。私たちは準備をして、行きましょうか」

「えっ、このタイミングでですか!?」

はしゃいでいたシャルは、花音さんに水を差されて驚いてしまった。

「遠出をしますので、もう少ししたら出たいと思っています。支度《したく》をしてください」

外出予定のなかったシャルは、家用の服を着ている。

外に出るなら、彼女はお洒落《しゃれ》をするだろう。

その準備に少し時間がかかるのだから、今から始めてくれというようだ。

――まぁ、わざとこのタイミングで切り出したんだろうけど。

花音さんも、シャルを焦らしているらしい。

「うぅ……それでは、お写真だけでも……！」

後で見返すためか、シャルはスマホを撮りだして俺を見上げてくる。

一応《撮ってもいいか》、と目で確認をしてきているようだ。

……いや、縋《すが》るような上目遣いなので、おねだりをしてきているというのが、正しいかもしれない。

「そんなに似合ってるのかな？」

鏡は今ないし、眼鏡をつける機会もなかったので、自分ではわからない。

「凄《すご》く似合っています……！」

まぁ、シャルがここまではしゃいでくれるくらいには、似合っているんだろう。

もう花音さんと出かける不安もなくなったようだ。

「シャーロットさん、貸してください。私が撮って差し上げます」

シャルが近くからパシャパシャと俺を撮っていると、花音さんが手を差し出した。

一緒に撮ってくれるということだろう。

「ありがとうございます……！」

シャルは嬉しそうに花音さんへと手渡し、すぐに俺の腕に抱き着いてきた。

肩に頭を乗せてくるシャルに気を取られながらも、俺は花音さんが構えるスマホのレンズへと視線を向ける。

「はい、チーズ」

パシャッ――という音と共に、シャッターが切られる。

「あの、もう一枚よろしいでしょうか……？」

撮り終えてすぐに、シャルは人差し指を合わせながらおねだりをしてきた。

――俺にではなく、花音さんにだけど。

「もちろんですよ」

花音さんは快諾《かいだく》し、再度スマホを構える。

そして――花音さんが撮る合言葉を言った瞬間に、頬《ほお》にしっとりとした柔らかいものが触れた。

コンマ数秒置いて横を見れば、頬を赤くしたシャルが口を手で押さえながら、上目遣いに俺を見ていた。

何をされたかなんて、明白だろう。

「ふふ、本当に素敵ですね」

一部始終見ていた花音さんは、温かい笑みを浮かべながら、俺たちに近付いてくる。

「はい、どうぞ。綺麗《きれい》に撮れたと思います」

そう言って見せられた、スマホの画面には——俺の頬にキスをする、シャルの写真が映っていた。

「ありがとうございます……！」

シャルは嬉しそうにスマホを受け取り、すぐに操作を始めた。

どうやら、待ち受けにしたようだ。

花音さんと神楽耶さんの前で、キスをしてくるなんて——相変わらず、大胆《だいたん》なことをしてくれる……。

「俺にも送ってもらえるかな？」

「はい、もちろんです……！」

「ありがとう」

チャットアプリでシャルが写真を送ってくれたので、俺も同じように待ち受けにした。

写真なんて全然撮ってこなかったので、正直凄く嬉しい。

これからもずっと一緒にいるだろうし、これからは沢山《たくさん》撮っていけたらいいな。

「それでは、急いで準備をしてきます……！」

写真で満足したらしく、シャルはリビングを出ていった。

出かけることにも納得しているようなので、これでよかったんだろう。

ただ――もう少しだけ、待ってほしかった。

「――かわいくて甘えん坊のお嫁さんで、よかったですね？」

この、ニコニコ笑顔の花音さんに、俺一人がからかわれることになるのだから……。

その後、シャルは準備をして、花音さんと一緒に出かけた。

まだお店も開いていないような早い時間なので、よほど遠くに行くんだろう。

俺としても、鉢合《はちあ》わせをする心配がないので有難い。

「さて、干《ほ》していた洗濯《せんたく》ものを畳《たた》んで、掃除《そうじ》をしておくかな」

下着に関してはノータッチを言い渡されているのだけど、それ以外は俺が任されている。

服は風呂場に干してあるので、それを取り込めばいい。

それにしても……このお風呂場も一般家庭より大きいと思うので、もともと住んでいた人もお金持ちだったようだ。

浴槽《よくそう》も大きいし、これなら大人二人でも余裕で入れる。

「…………」

一瞬、シャルと一緒に入る姿を思い浮かべてしまうが、他の人の目がある以上難しい。

クリスマス、どうすればいいんだろう……？

俺が住んでいた部屋は今も残っており、鍵《かぎ》も持っている。

二人きりになって落ち着くには、やっぱりそこがいいかもしれない。

ホテルなんて、行けるわけがないし……。

そんなことを考えながら、俺は洗濯ものを畳んでいった。

六人分もあるので、結構大変ではある。

乾燥を終えた洗濯機の中にはタオルや靴下《くつした》などはあったが、下着だけが綺麗に全て取り除かれていた。

神楽耶さんが予《あらかじ》め取ったんだろう。

まぁ俺も変な疑いがかからないので、そちらのほうが助かりはするのだけど。

「──おはよう、頑張ってるわね」

少しして、エマちゃんを抱っこしたソフィアさんが起きてきた。

元々起きていたようだけど、エマちゃんが目を覚ますのを部屋で待っていたんだろう。

「おはようございます。エマちゃんも、おはよう」

「おは、よう……」

エマちゃんは眠たそうに目を手で擦りながら、日本語で挨拶《あいさつ》を返してくれた。

こうして日本語で挨拶をする習慣を身につけたので、もう挨拶だけならちゃんと日本語を話せるようになっている。

「ロッティーのプレゼントのために頑張っているのよね、ありがとう」

エマちゃんにはわかってほしくないのか、ソフィアさんは日本語で会話を続けてきた。

まぁエマちゃんは寝ぼけていてまだ眠たそうなので、日本語で話していても気にしないようだけど。

気が付けば、ソフィアさんの胸に顔を押し付けていた。

「お礼を言われることではありませんよ、俺が勝手にしているだけなので」

「ねぇ、どんなプレゼントをあげようとしているの？　花音ちゃんに聞いても、本人から聞いてくださいって言って、教えてくれないから」

ソフィアさんは期待したようにワクワクとしながら、俺の顔を覗《のぞ》き込んでくる。

さすがにソフィアさん相手でも、花音さんは約束通り黙っていてくれたようだ。

恥ずかしいのであまり知られたくないことだけど、ソフィアさんに聞かれて誤魔化《ごまか》すことはできない。

「その――」

ここには現在三人しかいないのだけど、俺は念のため耳打ちをする。

内容を聞くと、ソフィアさんは優しい笑みを浮かべた。

「そう……とても素敵だと思うわ」

花音さんの時もそうだったのだけど、意外と肯定をしてくれた。

普通なら、背伸びするな、とか、学生らしいものにしろ、と言われてもおかしくないのに。

俺の周りは理解してくれる人ばかりで、本当に有難い。

「喜んでもらえますよね……？」

「ふふ、絶対喜ぶわよ。喜びすぎて、明人君が押し倒されてしまうかもしれないわね」

ソフィアさんは楽しそうに声を弾ませながら、ウィンクをしてきた。

さすがに、押し倒されることは————ないとも言いきれないな……。

結構押しが強くて、積極的なところがあるし。

「それにしても、凄《すご》いわね……高校生で、その発想に至る子がいったいどれくらいいるのかしら？」

感心したように、顎《あご》に手を当てながらソフィアさんは見つめてくる。

「あはは……背伸びしている自覚はありますけど……」

「ううん、年齢なんて関係ないわよ。明人君の覚悟が伝わってくるし、立派だと思う。生まれ育った環境によって、早熟してしまった子だとは思ってたけど……本当、いい意味で子供らしくないわね」

ソフィアさんは凄く好意的に褒《ほ》めてくれる。

付き合っている彼女の母親に、こうして肯定してもらえるのは嬉しいことだ。

一瞬、おじさんと言われているのか考えたけど、話の流れ的に違うだろう。

内面の話をしているのだし。

「そんな明人君だからこそ、ロッティーも甘えられるんだろうね」

「それはよかったです」

シャルがどう思っているのかはわからないけど、甘えてくれるということは、やっぱり甘えられる相手として見てくれているんだろう。

彼氏として、光栄なことだ。

「それじゃあ、朝ご飯食べるわね」

「あっ、エマちゃんには俺が食べさせますよ」

俺は既に食べ終えているため、ソフィアさんが食べている間に食べさせることができる。

「ありがとう、任せるわね」

エマちゃんを差し出され、俺は落とさないよう慎重に受け取った。

『エマちゃん、起きて』

『んん……？』

ポンポンッと肩を優しめに叩くと、エマちゃんは眠たげな目で俺を見上げてきた。

話している間にまた寝ていたので、眠たくて仕方がないんだろう。

『ご飯だよ？』

『ん～、いい……ねんね……』

食い意地を張っているエマちゃんにしては珍しく、まだ寝たいようだ。

『仕方ないわね……もう少し、寝かせておいてくれるかしら？』

無理に起こすのは良くないと思っているのか、寝かせるようお願いされてしまった。
『そうですね、後で食べさせることにします』
この状態では、ウトウトしながら食べることになるだろう。
それよりは、目が覚めてから食べさせたほうがいい。
『私は、食べたら行かないといけないから……』
『ええ、大丈夫です。お仕事頑張ってください』
仕事があるのだから仕方がない。
元々この後は俺が面倒を見る予定だったのだし、何も問題はなかった。

第五章「涙の金髪美少女との出会い」

『――あ～ん、もぐもぐ』

ソフィアさんが食べてから三十分ほどが経ち、目を覚ましたエマちゃんにご飯を食べさせていた。

『おいしい？』

『んっ……！』

温めたものだけど、エマちゃんは満足げに食べている。

シャルの手料理は温めてもしっかりとおいしいので、本当に凄い。

そのまま、食べさせ続けた後――。

『あそびにいくの……!?』

歯磨《はみが》きをしっかりとさせた後に出かけることを伝えると、エマちゃんのテンションが跳ね上がった。

外出と聞いて、遊びだと勘違いしたようだ。

まぁ、楽しいことではあるだろうし、問題はない。

『エマちゃん、バンザーイってして』

『ばんざーい！』

俺に言われた通り、エマちゃんは両手を上げてバンザイポーズをとる。

その間に、上から猫耳パーカーを着させた。

『ねこちゃん？』

『そうだよ、猫ちゃんの服だよ』

『んっ！』

フードに猫耳がついているのを見て、エマちゃんは満足そうに頷《うなず》く。

猫耳がついていればなんでもいいのだ。

『じゃあ行こっか』

『だっこ……！』

準備ができたので出かけようとすると、エマちゃんは両手を広げてきた。

相変わらず、隙《すき》あらば抱っこを求める子だ。

『今日は外に出てからだね』

エマちゃんを抱っこしてしまうと、代わりに家の鍵《かぎ》をかけてくれる人がいないので、先に外に出てからじゃないと駄目だ。

『んっ……！』

勘違いをしてショックを受けるかと思ったけど、エマちゃんは納得したように頷いた。

いつもシャルが鍵をかけているところを見ていたので、今はかけてくれる人がいないと理解したのかもしれない。

もう外に出るので、俺は眼鏡《めがね》をつける。

『お～？』

その様子を見ていたエマちゃんは、不思議そうに首を傾《かし》げる。

見慣れない姿だからだろう。

『どうかな？』

『んっ、かっこいい……！』

どうやら、エマちゃんにも気に入ってもらえたようだ。

『エマちゃんは、フード被《かぶ》ろうね』

俺はエマちゃんの頭にフードを被せる。

『にゃぁ……！』

両手を猫の手のように丸めて、俺を見上げてくるエマちゃん。

猫耳フードを被ったことで、猫の物真似《ものまね》をしてくれたんだろう。

『猫ちゃんみたいだね。それじゃあ行こっか』

『んっ……！』
エマちゃんは小さなお手々で、俺と手を繋《つな》いでくる。
いつもの、抱っこができないなら手を繋ぐ、というスタイルだ。
そのまま、二人で外に出て家の鍵を閉める。
すると――。
『んっ……！』
待ってました、と言わんばかりにエマちゃんが両手を広げた。
俺は腰を屈め、しっかりとエマちゃんに手を回してから抱き上げる。
『――でんしゃ……！』
駅に着くと、見覚えのある建物によって、エマちゃんの表情がパァッと明るくなった。
『そうだね、電車だよ』
『のる……!?』
乗りたいんだろう。
期待したように聞いてきている。
『うん、お金チャージしようか』
『きっぷ、かわない……？』
シャルがいる時は彼女が切符を買っていたので、今回も買うと思っていたんだろう。

俺に買う気がないとわかると、悲しそうな目を向けてきた。

エマちゃんはまだ五歳なので切符は必要とせず、俺はＩＣカードだから買う必要はないんだけど……。

『切符がいい？』

『んっ……！』

コクコクと一生懸命頷くエマちゃん。

まぁ手間がちょっと増えるだけだから、いっか。

『それじゃあ、切符を買おうか』

『エマがかう……！』

自分で買ってみたかったようだ。

これも勉強なので、買い方を教えてみる。

『ここに駅名と値段が書いてあるから、行きたい駅の値段を見て、その値段と同じ数字が書かれているボタンを押すんだよ』

俺は券売機の隣にある値段表を指さしながら、エマちゃんに教える。

『……よめない』

しかし、日本語が読めないエマちゃんは、不服そうに頬《ほお》を膨《ふく》らませた。

それはわかっていたのだけど、いずれ読めるようになると思うから、その時のために覚えておいてほしい。
『今日買うのはね――』
俺は値段を教え、エマちゃんはそのボタンを押した。
『……♪』
出てきた切符を、エマちゃんは嬉しそうに取る。
もちろん、改札口にもエマちゃんが切符を通した。
『でんしゃ、くる?』
ホームに辿《たど》り着くと、エマちゃんは電車が来るほうをジッと見つめる。
賢い子だから、岡山駅に行く電車はどっちから来るか覚えているのだろう。
『もうすぐだね』
『はやく……!』
電車に乗りたがりのエマちゃんは、体を揺らしながら急《せ》かしてくる。
『危ないから、暴れたら駄目だよ?』
『んっ』
だけど、注意したらすぐにおとなしくなった。
いい子にできたので、《よしよし》と頭を撫《な》でながら電車が来るのを待つ。
『――きた……!』

アナウンスが流れ、電車が見えるとエマちゃんは目を輝かせる。
田舎《いなか》なのでこの時間の電車は乗る人が少なく、席はがら空《あ》きだった。
『窓際の席に座る？』
『んっ……！』
一応確認をし、エマちゃんが頷いたので二人席の窓際側に座らせた。
そして俺は、エマちゃんの隣に座ったのだけど――。
『…………』
頬を膨らませながら、無言で俺の顔を見上げてきていた。
降ろしたのが気に入らなかったらしい。
『膝の上がいい？』
『んっ……！』
エマちゃんはコクコクと頷き、俺の膝によじ登ってきた。
だから俺はしっかりと抱いて、窓際へと移動する。
『エマちゃんは景色が好きなの？』
『んっ、すき……！』
道理で、一生懸命窓の外を見ているわけだ。
今度、綺麗《きれい》な景色が見られる場所に連れていってあげたい。

そうして、はしゃぐエマちゃんに癒《いや》されながら、俺は岡山駅を目指すのだった。

◆

「――本日はお越し頂き、ありがとうございました。姫柊様にも、是非《ぜひ》よろしくお伝えくださいませ」

目的のお店から出る際、支配人を名乗る女性がニコニコの笑顔で頭を下げてきた。

このお店は花音さんの友人の家が経営しているらしく、いろいろと融通《ゆうずう》を利《き》かせてくれたのだ。

おかげで、予算の割にいいデザインのものが買えた。

まぁ、結局バイト代では足りなかったので、貯金から立て替えることにはなったのだけど。

シャルにバレないよう誕生日直前に買いに行くわけにはいかなかったため、これは仕方がない。

ちゃんと足りない分も、バイト代が入ったら貯金し直すつもりだ。

「こちらこそ、ありがとうございました。相談にも乗って頂けたおかげで、素敵な買いものになりました」

「いえいえ、私は職務を全《まっと》うしただけですので。ご購入頂いたものでしたら、彼女様もきっとお喜びになられると思います」

「はい、僕もそう思います。本当に、ありがとうございました」

俺は頭を下げて、お店を後にする。

「――学生であんなにしっかりした子、久しぶりに見たわ……。さすが、オ、オ、オーナーが目をかけているだけはあるわね……。それにしても……0．3カラットとはいえ、ファンシーヴィヴィッドの天然ピンクダイヤモンドを使ったものを、あんな破格の安さで売る日が来るなんて……まぁ、オーナー命令だから仕方ないんだけど……。さて、早く全部の値札を戻して、営業再開しないと」

何やら後ろからブツブツと呟《つぶや》く支配人の声が聞こえた気がしたけれど、振り返ると店に入ろうとしているところだったので、気のせいだったようだ。

『つぎ、どこいくの？』

あまり宝石には興味がなかったエマちゃんが、首を左右に振りながら聞いてくる。

暇な思いをさせてしまったせいで、もう飽きてそうだ。

『お腹は空《す》いた？』

『だいじょうぶ』

腹の減り具合を聞いてみると、エマちゃんは首を左右に振った。

まぁ、食べてからさほど時間が経っていないし、そうだろうな。

用事は終わってしまったけど、せっかく連れてきたのにこのまま帰ってしまうのは、いくらなんでもエマちゃんが可哀想《かわいそう》だ。

エマちゃんが興味ありそうなものといえば――。

『サッカーボール、見にいく？』

『いく……！』

岡山駅近くの大型ショッピングモールに、スポーツショップがあるのを思い出したので尋ねてみると、エマちゃんは目を輝かせた。

サッカーにドハマりしているので、狙い通り喜んでくれたようだ。

『じゃあ、行ってみようね』

『んっ……！』

俺たちは、大型ショッピングモールを目指して歩く。

道中――。

「「あっ」」

見知った二人と鉢合《はちあ》わせした。

「ビックリした、青柳《あおやぎ》君じゃん。眼鏡《めがね》どうしたの？」

街中に出ているからか、お洒落《しゃれ》をした清水《しみず》さんがキョトンとした表情で聞いてくる。

「先輩の眼鏡姿……いい……」

なぜか清水さんと一緒にいた香坂《こうさか》さんは、熱があるのか、ほんのりと顔を赤くしながらボーッと俺の顔を見つめてきていた。

珍しい組み合わせだ。

「これは、まぁ……自衛かな？」

「あぁ、なるほど。今や有名人だもんね」

清水さんは肘で隣にいる香坂さんを突き――いや、ど突きながら、笑顔で尋ねてくる。

「何するんですか……！」

当然、いきなりど突かれた香坂さんは、目を吊り上げた。

「彼女持ち相手に、鼻の下を伸ばしてるからよ」

「そ、そんなんじゃありません……！　言いがかりです！」

「どこがよ、バレバレじゃない……！」

何やら、顔を突き合わせて火花を飛ばし始める二人。

学校でも頻繁《ひんぱん》に言い合いをしているのに、よく一緒にいるものだ。

まあ、じゃれてるようにも見えるし、実際は仲がいいんだろう。

喧嘩《けんか》するほど仲がいい、ともいうしな。

ただ……うるさいのが嫌いなエマちゃんが、腕の中で不機嫌になっているので、早めに離れたほうがいいかもしれない。

「ほらほら、二人とも。人目があるから言い合いをしない」

とりあえず、言い合いがエマちゃんの機嫌を悪くしているのは間違いないので、二人をなだめることにした。

「ギャルさんが喧嘩を売ってくるのが悪いんです……！」

「だから、その呼び方はやめてって言ってるでしょ……！　せっかく、友達がいなくて可哀想だから、遊んであげてるのに……！」

おいおい、それは香坂さんにとって地雷だぞ……？

「――っ！　頼んでないのに、強引に連れ出したのはギャルさんじゃないですか……！」

友達がいないことを気にしている香坂さんは、顔色を変えて反論する。

どうやら今回は、清水さんから香坂さんを誘ったようだ。

まぁ香坂さんはこう見えて意外と内気なので、誘ってあげないと中々自分からはこないし……こうやって、強引に連れ出すくらいがちょうどいいのかもしれない。

「誘ったら、嬉しそうに秒で返事をしてきたくせに！」

「誇張しないでください！　誰も嬉しそうになんてしてませんし、チャットアプリのメッセージでわかるはずがないでしょ……！」

うん、秒で返事したのは否定しないんだな。

誘いのメッセージが来て、パァッと明るい表情になりながら食いつく香坂さんが、容易に想像できてしまった。

「もう、ほんと素直じゃない子……！」

「私は素直です……！」

さてさて、困ったな。

段々とヒートアップしていってる。

清水さんも普段は、喧嘩を売られても笑いながら流すような子なのに、知り合った頃が悪い関係だったからか、どうも香坂さん相手だと言い返してしまうらしい。

まぁ見ている感じ、後輩っていうより妹を相手にしている感じだけど。

香坂さんのことを、手がかかる妹とでも思っているんじゃないだろうか？

「素直っていうのは、シャーロットさんや東雲《しののめ》さんのような子をいうのよ……！」

「酷《ひど》い……！　明人先輩も、何か言ってやってくださいよ……！」

香坂さんは、俺を味方につけようとしてくる。

正直言うと、彼女が素直かどうかは微妙だ。

俺やシャルに対しては礼儀《れいぎ》正しくて、言うことも結構素直に聞くけれど、彰《あきら》や清水さんには食ってかかるし、煽《あお》ったりもする。

その上、二人の言うことは聞かないいし、悪く言うのに――心から嫌っているようには見えないのだ。

むしろ、喧嘩しているのを楽しんでいる節すらある。

それこそ、じゃれてるようにしか見えないことも多いのだ。

そういうところを見ていると、やっぱり素直ではないように思えてしまう。

少なくとも、シャルや華凜《かりん》ほど素直ではない。

「二人とも、楽しそうだね」

「『どこが⁉』」

思ったことを口にすると、二人は口を揃えて聞いてきた。

やっぱり、仲がいいんじゃないだろうか？

これだけ言い合いをしていても、どちらも帰るとは言わないのだし。

「二人はこれからどうする予定なんだ？」

「無視……」

「明人先輩って、そういうところありますよね……」

俺がスルーしたことで、二人は納得いかない表情を見せる。

うん、ちゃんと矛先《ほこさき》が俺にずれてくれた。

「それで、どうするんだ？」

「はぁ……てきとーに、ブラブラお店を見て回る感じだね」

清水さんはわざとらしく溜息を吐きながら、予定を教えてくれる。

ウィンドウショッピングというやつだろう。

「明人先輩は、珍しくシャーロット先輩と一緒にいないんですね？　それに、その子は……」

俺が抱っこしている子が気になるようで、香坂さんは興味深げに見てくる。

しかし、エマちゃんは既に顔を俺の胸に押し付けてきていた。

うるさくて機嫌が悪くなっていたので、ふて寝をしているんだろう。

「シャルの妹だよ」

「あっ、この子が……！　フードを被《かぶ》っているので、わかりませんでした」

「あれ、会ったことあったっけ？」

「会ったことあるというと、微妙ですが……まぁ、はい。あと、体育祭の時に話題になっていましたので、知っています」

そういえば、体育祭に連れていっていた。

こんなにかわいい子が生徒のテントにいたら、話題になって当たり前か。

シャルの妹ってことは、髪色ですぐにわかるだろうし。

「寝てるんですかね？」

顔が見たいようで、香坂さんは俺の隣に来て腕の中を覗《のぞ》き込む。

そのせいで腕はくっつくし、顔が近い距離に来ているんだけど、本人は気が付いていないようだ。

「こらっ」

「ひゃっ!?」

清水さんが後ろから両方の脇腹を指で突くと、香坂さんの体がビクッと跳ねた。

猫の手のように両手を胸の前で軽く握り、硬直してしまったようだ。

「ななな、何をするんですか……!?」

そして我に返ると、顔を真っ赤にしながら清水さんのほうを振り返る。

「何をするんですか、じゃないわよ。ほんとこの子ったら、油断も隙《すき》もないんだから」

「どういう意味ですか!?」

「そのままよ。天然を装《よそお》ってくっつくなんて、あざといんだから」

「なっ!?」

清水さんの指摘が刺さったようで、香坂さんは再度固まってしまう。

「ち、違いますよ……!　言いがかりです！」

そして、やっぱり自覚がなかった香坂さんは、一生懸命否定し始めた。

うん、なんとなく思ったけど、俺がいるせいでこの二人は言い合いをしちゃうのだろうか？

第三者がいなければ、香坂さんももっと素直になって清水さんと話すだろうし。

——ということで、二人が言い合っている間にコッソリとフェードアウトすることにした。

「明人先輩、このいじわるなギャルさんを、こらしめて——あれ、先輩……？」

「あんたが必死に言い訳してる間に、消えちゃったわよ」

「見捨てられた!?」

なんだか後ろから、香坂さんの驚いている声が聞こえてきたけど、戻ったらさっきの繰り返しだと思うので、戻りはしない。

「それはそうと、どうしようかな……?」

あの騒がしかった状況だというのに、エマちゃんは完全に寝てしまっている。

この子には、嫌なものを意識的に聞こえなくすることができるんだろう。

おかげで、寝起きエマちゃんと戦わなければいけない。

もちろん、機嫌が悪いのをなだめるという意味で。

「とりあえず、ショッピングモールに着いてから起こせば――」

『――わぁあああん、もうどうしよぉ！　誰か助けてよぉ！』

「英語……?」

突然聞こえてきた、英語で泣き叫ぶ声。

声がしたほうを見れば、天然のフワフワとした金色の髪を左右で結ぶ、ツインテールの少女が泣いていた。

髪の結び目部分には、髪で団子が作られている。

見た限りでは、俺と同い年くらいだろうか？

『どうされました？』

泣いているというのもあり、無視することはできず声をかけてみた。

『英語!? 君、英語がわかるの!?』

俺に気が付いた少女は、勢いよく顔を上げて、グッと顔を寄せてくる。

パッチリと開かれた、青空のように澄んだ碧眼《へきがん》。

筋が通った高い鼻に、透き通りそうなほどに白い肌。

誰もが目を惹《ひ》かれるくらいに綺麗《きれい》な顔立ちをした、海外の少女だった。

年齢はやっぱり、俺と同じくらいのようだ。

……それはそうと、顔が近すぎるんだが……？

『ええ、まぁ日常会話くらいであれば……』

この感じ、日本語が話せないのか？

『助けて……！　スマホを落としちゃったの……！』

『なるほど……詳しく教えてください』

泣いている理由を理解した俺は、彼女の話を黙って聞く。

どうやら、日本で暮らす親友に会いに来たのに、スマホを落としてしまったようだ。

気が付いたのはショッピングモールに入ってすぐのことで、岡山駅に着いた時には持っていたらしく、ショッピングモールから岡山駅のどこかで落としたとのこと。

日本語は喋《しゃべ》られず、会話はスマホに頼りきっていたので、あれがないとどうしようもないようだ。

『心当たりはないんですか？』

『ぐすっ……探したけど、どこにもなかった……』

となると、誰かに拾われた可能性が高いな。

『最後にスマホを触ったのは、どこだったんですか？』

岡山駅の時にあったのを覚えているということは、そのタイミングで触ったはずだ。

そこから順に探してみるしかない。

『…………』

だけど、彼女はなぜか俺から顔を背けてしまう。

後ろめたいことでもあるのだろうか？

『どうしました？』

『えっと……言わないと、だめ……？』

少女は、ほんのりと頬《ほお》を赤く染め、上目遣いで聞いてくる。

言いづらいことなのだろうか？

『手掛かりはあったほうがいいので……』

『そう、だよね……』

納得はしてくれたようだけど、人差し指を合わせながらモジモジとしている。

どう見ても恥ずかしがっているので、これはもしかしたら――。

『その……おトイレ……』

消え入りそうなほど小さな声で、少女はどこで触ったかを教えてくれた。

それは俺の予想と一致し、今更ながら申し訳ないことを聞いたと後悔《こうかい》する。

道理で、恥ずかしがっているわけだ。

『すみません……』

『ううん、こちらこそ……』

俺たちの間に、気まずい空気が流れる。

初対面の子と、こんな空気になるとは思わなかった。

『それじゃあ、一旦そこに戻りましょうか』

さすがに俺は入れないが、彼女が入る分には問題ない。

そこから、順に探していくしかないだろう。

『でも、もうそこは見たよ……？』

『そこを始まりにして、もう一度辿《たど》った道を二人で探しながら歩いてみましょう』

一度探した以上見つからない可能性は高いが、見落としている可能性だって考えられる。

スマホをなくして慌てていただろうし、そういう状態なら尚更のことだろう。

『うん、わかった……。ありがとうね』

『いえ、困った時はお互い様ですから』

幸いエマちゃんは寝ているので、スマホ探しに時間を割《さ》いても問題はない。

そうして、駅へ戻っている最中――。

『そういえば、自己紹介がまだだったね。私はオリヴィア・ケニー。気軽にリヴィって呼んでね』

海外の人だからか、彼女はとてもフレンドリーだ。

わざわざ友人に会いに日本へ来るくらいだし、きっと友達も多いのだろう。

『僕は青柳明人です。改めて、よろしくお願いします』

『明人……』

俺の名前を聞いた彼女は、なぜか目を見開く。

『どうかしましたか？』

『ううん、知り合いの名前と同じだったから、奇遇だなぁって思っただけ』

どうやら彼女は、日本人にも友人がいるらしい。

あまり多い名前ではないと思うけど、まぁそういうこともあるだろう。

『確かにそれは、驚いてしまいますね。その友人にも会いに来たんですか？』

『友人っていうか……まぁでもそうだね。彼に会うのも、今回日本に来た目的の一つかな』

やっぱり、友人を大切にする人なのだろう。

『リヴィさんって、友達が多そうですね』

『あはは、リヴィは愛称なんだから、呼び捨てでいいよ。私も、明人って呼ぶし』

女性の呼び捨てはあまり好きじゃないんだけど……まぁ、愛称ならいいか。

『それに、私たち歳《とし》近いよね？　もっと砕けた感じでいいよ？』

距離の詰め方も凄《すご》い。

その上で、相手に不快感を与えるどころか、スルッと懐《ふところ》に潜り込んでくるような安心感まであるのだから、こういう人をコミュ力お化けというんだろう。

このコツを、華凜や香坂さんに教えてあげてほしい。

『じゃあ、お言葉に甘えさせてもらうね。リヴィは、どれくらい日本に滞在するの？』

『ん～、二週間くらいかな？』

『結構長いね』

てっきり、数日程度だと思っていたのに、何か他にも目的があるんだろうか？

これなら、華凜にも会わせて友達になってもらいたいけど……お互いの言葉がわからないだろうから、難しいな。

『学校が長期休みになったからね、日本を観光しようかと思ってるの。まぁ、スマホを落として、それどころじゃなくなったんだけど』

リヴィは、突然遠い目をして落ち込んでしまう。

友達への連絡手段も失い、翻訳《ほんやく》ツールも失ってしまったので、それも仕方がない。

『だから、明人に会えて運が良かったよ。全然英語が通じなくて、泣きそうだったんだから』

泣きそうというか、既に泣いていたというか……。

もちろん、わざわざツッコミはしないけど。

『まぁ東京や大阪とかと違って、こっちは海外の人がいうほど多くないから、話せる人が少ないかもしれないね』

海外の人が多く訪れる場所だと、言葉が通じないと困るから店員で話せる人は結構いそうなイメージがあるけど、多分岡山は多くない。

……あれ？

『そういえば、落としものが届いてないか、駅員さんに聞いた？』

『えっ？』

ふと思ったことを尋ねると、キョトンとした表情で首を傾《かし》げられてしまった。

これは、もしかしなくても……。

『聞いてないんだね？』

『あ、あはは……落としたショックで、探し回ってたから……』

思った通りだ。

駅員であれば、一人か二人くらいは英語が話せる人がいてもおかしくない。

それなのに、全然英語が通じないというから、おかしいと思った。

『トイレも見たってことだったし、先に駅員さんに聞いてみよう』

そうして、駅員さんに聞きに行くと――。

『あったぁあああああ！』

親切な人が、リヴィのスマホを駅員さんに届けてくれていた。

『ありがとう、明人！』

『わっ、ちょっ!?』

いきなり横から抱き着かれ、俺は驚いて固まってしまう。

『本当にありがとう！　もうだめかと思ったよ！』

『あはは……よかったね。とりあえず、離れてくれる？』

シャルといつもイチャイチャしているとはいえ、女子自体に耐性がついたわけではない。

リヴィにその気がないとわかっていても、照れてしまうのだ。

あと、こんな場面を誰かに見られるとまずい。

『わかったわかった、これはお礼だよ――ちゅっ』

不意打ちで頰を襲う、しっとりとした柔らかいもの。

それが何か理解するのに、たいして時間はかからなかった。

『何してっ!?』

『あはは、顔真っ赤だね。やっぱり、こういうのは慣れてないの？』

バッと勢いよく離れた俺に対し、リヴィは楽しそうに笑ってくる。

フレンドリーにもほどがあるだろ……！

『日本でこういうの、気軽にしたら駄目だから……！』

『ごめんごめん。でも、私だって誰にでもはしないよ？　女の子以外にしたのは、初めてだもん』

『じゃあ、なんで俺にしたの……!?』

『だからお礼だってば』

お礼で気軽にこんなことをされたら、いろんな意味でこっちの身がもたない。

『とりあえず、こういうことはもうしないでほしい……』

『わかったわかった、明人は照れ屋だね～』

本当にわかっているのか、と聞きたくなるレベルでリヴィは軽く流した。

ニコニコと笑みを浮かべながら俺の顔を見てきているし、わかってなさそうだ。

『ねね、それよりもお昼はもう食べた？』

スマホが返ってきて嬉しいようで、ご機嫌なリヴィはグイッと顔を近付けてきた。

近すぎる……。

『いや、まだだけど……』

俺は少し後ずさりながら、首を左右に振る。

『じゃあ、一緒に食べに行こうよ！　お礼に奢《おご》るから！』

そして、その空《あ》いた距離を平然と詰めてくるリヴィ。

この子、押しが強い……！

『お礼はもうもらったから……』

『いいじゃん、おいしいところ教えてよ！』

スキンシップが凄い彼女といるのは良くないと思い、断ろうとしたのだけど、服を掴《つか》まれてしまった。

逃がさない——とでも言われている気分になる。

『この辺に住んでないから、全然詳しくないんだよ……』

『じゃあ、一緒に探そ！　ラーメン食べようよ、ラーメン！』

やっぱり、押しが強い。

多分、誘いに乗るまでは逃がしてくれないタイプの人間だ。

そして、彼女が『ラーメン』と言ったことで——。

『らーめん!?』

腕の中で寝ていたエマちゃんが、目を覚ましてしまった。

俺たちが騒いでいたから眠りが浅くなっていたんだろうけど、それにしてもやっぱり食い意地が張っている。

そして勢いよく顔を上げたものだから、せっかく被《かぶ》っていたフードが脱げてしまった。

『えっ……？』

エマちゃんの髪と顔を見て、日本人じゃないと気が付いたリヴィが目を大きく見開く。

『…………』

何か思うところがあるようで、リヴィはジィーッとエマちゃんを見つめる。

エマちゃんも、キョトンとした表情で小首を傾げ、目をパチパチとさせて見つめ返す。

しかし――。

『おにいちゃん、らーめんたべる？』

リヴィよりもラーメンが気になるようで、俺に視線を戻して再度小首を傾げた。

俺はソッとエマちゃんの頭にフードを被せながら、笑顔で口を開く。

『エマちゃんも食べたいの？』

『んっ……！』

ラーメンをよほど気に入っているようで、エマちゃんは力強く頷《うなず》いた。

お腹はまだ空《す》いてないはずなのに、ラーメンは別腹なのかもしれない。

これはもう、ラーメンを食べに行くしかないだろう。

今更リヴィを振り切れるとも思えないし……。

そんなリヴィは、怪訝《けげん》そうに口元に手を当てて、俺の顔を見つめてきた。

『えっと、何か……？』

『その子、明人の妹じゃないの……？』

やっぱり、エマちゃんのことが気になるらしい。

それもそうだろう。

全然似てない幼い子を連れていれば、関係が気になってしまうものだ。

仕方ない……変な誤解を生むのも良くないし、正直に話しておこう。

『この子は、俺の彼女の妹なんだよ。今日は預かっているんだ』


『……やっぱり……。こんな偶然、漫画みたい……』


俺の言葉を聞き、リヴィはボソッと何かを呟《つぶや》いた。

『ごめん、なんて言ったの？　うまく聞き取れなかったや』

『ううん、なんでもない！　それよりも、エマもラーメン食べたいらしいし、行こうよ！』

聞いてみたものの、笑顔で誤魔化《ごまか》されてしまった。

いったい何を呟いたのだろうか？

まぁ笑顔だから、心配はいらないんだろうけど。

俺が名前を呼んだとはいえ、当たり前のようにエマちゃんの名前を呼ぶし、本当にコミュ力が高い。

『おにいちゃん、らーめん……！』

『ほらほら、食べたがってるよ？　行こう行こう！』

リヴィは声を弾ませながら背中を押してくる。

『ちょっ、押さなくても行くから……！』

『あはは、今日は最悪の日かと思ったけど、最高の日だったよ！』

『なんで急にそんな、ご機嫌になってるん!?』

『いいからいいから！』

よくわからないけど、なぜか凄《すご》くご機嫌になったリヴィに押されながら、俺たちは駅を出るのだった。

◆

『――へぇ、ここが人気なんだ？』

よく高校のみんなが話している徳島ラーメンのお店に着くと、リヴィは嬉しそうに看板を見上げた。

正直、学生に人気なら知り合いに鉢合《はちあ》わせる可能性が高いので、迷ったのだけど——せっかくエマちゃんが、ラーメンを好きになっているのだ。

よく知らないところに行って、もし口に合わないものを食べさせてしまったら今後食べなくなるかもしれないので、人気が高いところを選んでしまった。

『——エマがおす……！』

券売機でラーメンを買おうとすると、エマちゃんがボタンを押したがった。

だからお金を入れて、俺の分とエマちゃんの分を押させてあげる。

リヴィがお金を払いたがったけど、丁重に断っておいた。

『あれ、エマは一人前食べるの？』

『普段ならそこまで多くは食べないんだけど、ラーメンは一人前食べられるみたいなんだ』

『お～、ラーメンって凄くおいしいもんね。エマ、私の分も押していいよ？』

リヴィはお金を入れると、エマちゃんに笑顔を向ける。

だけど——。

『いい』

エマちゃんは興味なさそうに、プイッとソッポを向いてしまった。

俺たちの分だけ押したかったようだ。

『あはは、相変わらずだなぁ……』

『えっ？』

思わぬ一言がリヴィの口から漏《も》れ、俺は彼女を見つめてしまう。

『あっ、うぅん、なんでもないよ』

しかし、彼女は笑顔で誤魔化してしまった。

聞き間違いか……？

今、相変わらずって言った気がしたんだけど……。

『それじゃあ、席に座――』

「――おっ、座れそうだね」

リヴィが空《あ》いている席を指さしたと同時に、店のドアが開き、二人の少女が入ってきた。

――そう、清水さんと香坂さんだ。

「「…………」」

ニコニコ笑顔で見つめてくる清水さんに、不服そうに眉《まゆ》を顰《ひそ》めながら見つめてくる香坂さん。

そんな二人に対して俺は、なんと言ったらいいかわからず、固まってしまっていた。

このタイミング、まず間違いなく後ろをつけられていたようだ。

『どうしたの、明人？　早く座ろうよ？』

状況を理解していないリヴィは、キョトンとしながら俺の服の袖《そで》を引っ張ってくる。

これ、説明したほうがいいよな……？
そう思うものの、清水さんの笑顔が怖すぎて言葉が出てこない。
「お兄さん、どうしました？　お連れさんが席に座りたがっていますよ？」
まるで、他人行儀《たにんぎょうぎ》のような態度で接してくる清水さん。
ここは知らない人のフリをするつもりらしい。
その気遣いが、逆に怖い。
『おにいちゃん、はやく……！』
『う、うん……』
エマちゃんにも急《せ》かされ、俺は仕方がなく席に着く。
とりあえず、お店を出るまでにどうするか考えをまとめておこう。
彼女たちがどこまでを見ていたかわからない以上、下手《へた》に嘘は吐かないほうがいい。
嘘を吐けば、後ろめたいことがあると答えているようなものだ。
それよりもちゃんと俺に、その気はないということを理解してもらったほうがいい。
二人は、俺たちから離れた席になったのだけど、ジッとこちらを見てきている。
「…………」
生きた心地がしなかった。
『――明人、大丈夫？　汗が凄いよ？』

いつの間にか汗をかいていたようで、リヴィがまだ使用していなかったお手拭きを使って、俺の汗を拭いてくれた。

グイグイとくる子だけど、やっぱり悪い子ではないみたいだ。

ただ――おかげで、遠目に見ている二人の目つきが鋭くなった。

善意でやってくれている以上、本人に言うわけにはいかないが……。

『エマがふく……！』

そして、なぜかエマちゃんは対抗心を燃やし始める。

まぁ、単純にやりたかっただけだろうけど。

『その子、彼女の妹なのに凄く懐いてるね？』

真似《まね》して俺の汗を拭くエマちゃんの様子を見て、興味深そうにリヴィは聞いてくる。

『よく一緒にいるからだと思うよ』

『ふ～ん？』

なんだか、納得はしていなさそうだ。

でも、一々詳しく説明する必要もない。

『ねね、明人の彼女ってかわいいの？』

今度は、俺の彼女に興味が移ったようだ。

『そりゃあ、かわいいよ。かわいすぎるって言っても、過言じゃないと思う』

少なくとも、俺にとってシャル以上にかわいい女子はいない。

もちろんエマちゃんは、別枠《べつわく》だ。

『お～、言うね！　写真ないの？』

『あるけど、見せるわけにはいかないよ』

許可もなく、勝手にシャルの顔を見せることなんてできない。

『ケチだな～。じゃあ、どういう子か教えてよ！』

『どうして？』

『知りたいから！　明人の彼女なら、私も仲良くなれると思うし！』

リヴィは、こうやって友人を増やしていくんだろう。

シャルに女の子を紹介するなんてリスクが大きすぎるんだけど、歳《とし》が近くて同じ母国語を話す友人ができるのは、彼女にとってプラスに働く可能性は十分ある。

日本語が達者とはいえ、母国語以外の言語ばかりで話すことには少なからずストレスがあるかもしれないし……そういったものを解消できそうだ。

『簡潔に言えば、礼儀《れいぎ》正しくておしとやかで、誰にでも優しくてかわいい、甘えん坊な彼女だよ』

あまりこういったことを他人に言うことはないのに、すんなりと言葉が出てきた。

いつもそう思っているからかもしれない。

『明人って、照れ屋なのに彼女のことは平然と惚気《のろけ》るんだね？』

リヴィは、ニマニマしながら首を傾《かし》げる。

俺を弄《いじ》っているようだ。

『事実を話しているだけだから』

『へぇ、堂々としてる。いいと思うよ、そういうところ』

突然優しい笑みを浮かべ、ジッと俺を見つめてくるリヴィ。

先程までのいじわるそうな雰囲気《ふんいき》はなくなっているので、もしかしたら俺を試したのかもしれない。

どうして試されたのかは、わからないが。

『彼女も安心でしょ、彼氏がそこまで褒《ほ》めてくれるなら』

『どうだろ？　結構ヤキモチは、焼かせてしまってるみたいだし』

『今も、女の子と一緒にラーメン店に来ちゃってるし？』

リヴィはまた、楽しそうに首を傾げる。

先程のは試されたんじゃなく、これも彼女の一部な気がしてきた。

『元凶が何を……？』

おかげで、俺は知り合い二人から今も冷たい目で見られているんだけど……？

『あはは、ごめんごめん。だって、もっと明人と話したかったし』

そう言われて、悪い気はしない。

この子の場合裏が見えづらいというのもあり、好意が素直に伝わってくるからだ。

もちろん、恋愛的な意味ではないからこそ、というのもあるのだが。

「お待たせしました――」

話していると、ラーメンが到着した。

幼い子供が食べるということで、小さな器《うつわ》と子供用のフォークも一緒に持ってきてくれている。

『伸びちゃうから、食べよっか』

『そうだね』

リヴィが頷《うなず》いたのを確認し、俺はエマちゃんに視線を移す。

エマちゃんは目を輝かせながらラーメンを見つめており、早く食べたそうにソワソワとしていた。

『器に取るから、待ってね』

俺は食べやすいように、小さな器へ麺とスープを入れる。

『はい、どうぞ。熱いからゆっくり食べるんだよ？』

『んっ、ありがと……！』

エマちゃんはワクワクとしながら器を受け取り、待ちきれないという様子でフォークを器に突っ込む。

『ふー！　ふー！』

麺を掬《すく》うと、一生懸命息を吹きかけていた。

ちゃんと、熱いものの食べ方をわかっている。

『おい、しい……！』

エマちゃんは麺を口に含むと、満足げに頬《ほお》を緩《ゆる》ませた。

前に食べたトマトラーメンとは味が全然違うのだけど、今回も気に入ってくれたようだ。

『ん～、やっぱラーメンって最高だよね！　日本に来たら、絶対食べるって決めてたんだ！』

リヴィも頬を緩ませながら幸せそうに食べている。

この子も、ラーメンが大好きなのだろう。

味だけを見れば、店選択は正解したようだ。

……いや、別のお店を選んでいても、清水さんたちはついてきたか……。

『この辛《から》そうなモヤシも入れていいのかな？』

テーブルの上に置いてある、唐辛子が混ざった大量のモヤシを指さしながら、リヴィが尋ねてくる。

『あぁ、それは大丈夫なやつだよ』

学校で話題になっている時、みんなこの辛モヤシを入れて食べると言っていた。

サービスで置かれているものらしく、ナムルに近い味がしておいしいらしい。
試しに、リヴィは辛モヤシをラーメンに入れてみる。
『じゃあ、入れてみよっと』
『…………』
エマちゃんも気になるのか、その様子をジッと見ていた。
『エマも、入れてみる？』
見られていたことで、リヴィはモヤシが入ったケースをエマちゃんに見せる。
しかし――。
『んっ、いい』
エマちゃんは、首を左右に振ってしまった。
『辛そうに見えるから、食べないと思う』
幼いエマちゃんは、まだ辛いものがあまり好きじゃない。
赤い物体を見て辛いものだと認識した以上は、食べないだろう。
『残念。明人は入れる？』
『あぁ、もらうよ。ありがとう』
俺はケースを受け取り、ラーメンにモヤシを少し入れる。
『…………』

やはり気になりはするのか、エマちゃんがまた見つめてきていた。

他の人が入れていると、気になってしまうんだろう。

『一つ、食べてみる？』

試しに、モヤシを一つだけ小皿に載せてみる。

すると、エマちゃんはモヤシと俺の顔を交互に見て、コクリッと頷いた。

そして──

『からい……！』

──やっぱり、辛かったようだ。

『お水を飲んで』

『んっ……！』

コップを渡すと、エマちゃんはゴクゴクと勢いよく飲んだ。

よほど辛く感じたらしい。

俺も試しに食べてみるが、ピリッとした辛さはあるものの、辛すぎるというほどではなかった。

『…………』

やはり、幼い子と感じ方が違うんだろう。

エマちゃんは、ラーメンを黙々と食べ始める。

モヤシは入れないことにしたんだろう。
『――んっ……！』
器の中に入っていたものを食べ終えると、エマちゃんは俺に器を差し出してきた。
入れて、とお願いしてきているのだ。
『はい、どうぞ』
俺は最初と同じように麺を入れ、エマちゃんに渡す。
ふと、口元がスープで汚れていることに気が付いた。
『エマちゃん、口元拭こうか？』
『んっ……！』
エマちゃんは手を止め、口を差し出してくる。
俺は置いてあったティッシュを使い、エマちゃんの口元を優しく拭いてあげた。
『はい、綺麗《きれい》になったよ』
『ありがと……！』
エマちゃんはお礼を言うと、また一生懸命ラーメンを食べ進める。
見ていて心が和《なご》んだ。
『……いや、いい男すぎるよ……』
黙って俺たちを見ていたリヴィが、何やら呟《つぶや》く。

『何か言ったかな?』

『明人って、いつもそういう感じなの?』

声をかけると、尋ね返されてしまった。

『そういう感じって?』

『そんなふうに、いつも子育てしてるの?』

いったいリヴィの目には、どんなふうに映っているんだろ?

『まぁ、だいたいこんな感じかな?』

『んっ、おにいちゃん、やさしい……!』

俺が答えると、先程までリヴィとの会話には入らなかったエマちゃんが、自慢げに頷いた。

『そっかそっか、よかったね』

『んっ……!』

リヴィが微笑《ほほえ》みかけると、エマちゃんは再度力強く頷く。

先程までエマちゃんが塩対応をしていたから、元気がいいリヴィとの相性が悪いのかと思っていたけど、そうでもなさそうだ。

単純に、人見知りをしていたのかもしれない。

エマちゃんとリヴィの間の雰囲気《ふんいき》も柔らかくなり、俺たちはそのまま仲良くラーメンを食べていった。

もちろん、一部の席からは冷たい目を向けられていたけど。

◆

『――はぁ……おいしかったぁ！』

お店を出ると、満足そうにリヴィはお腹を押さえる。

『んっ、おいしかった……！』

エマちゃんも同じようで、コクコクと頷いて同意していた。

二人とも、幸せそうだ。

『さて――ありがとう、明人。おかげで楽しい時間を過ごせたよ』

クルッと半回転したリヴィは、かわいらしい笑みを浮かべながらお礼を言ってきた。

てっきり、この後も連れ回されるかと思ったけど……。

というか、正直ここで解放されるのは待ってほしいところがある。

『こちらこそ、思わぬ出会いだったけど、話せてよかったよ』

しかし、下手《へた》に引き留めて他の二人に勘違いされると最悪なので、潔《いさぎよ》くここで別れておくことにした。

『――ねぇ、明人』

岡山駅のほうに向かって足を踏み出したリヴィは、なぜか足を止めて俺の名前を呼んだ。

『んっ?』

『最後にさ、これだけ教えてよ』

そう言う彼女は、俺のほうを振り返り、真剣な表情で見てくる。

『何を?』

『明人にとって、彼女って何?』

どうして、リヴィがそんなことを聞いてくるのかはわからない。

だけど——半ば反射的に、言葉が口から出ていた。


『かけがえのない、大切な人だよ』


俺が正直な気持ちを伝えると、リヴィはニコッと笑みを浮かべる。

『今日、君と出会えてよかったよ。それじゃあ、またね』

リヴィはそう言って、満足げに去っていった。

フレンドリーなのに、なんだか不思議な子だったな。

さて、俺たちも——

「——おっと、どこに行く気かな?」

急いでお店から離れようとすると、ガシッと後ろから肩を掴《つか》まれてしまった。

振り返ると、素敵な笑みを浮かべる清水さんが立っている。

「こちらに関して、説明して頂きましょうか?」

隣には不機嫌そうな香坂さんが立っており、スマホの画面を見せつけるように持っていた。

そこには――リヴィにキスされている俺の写真が、映し出されている。

やっぱり、見られていたようだ。

「いや、それは――」

俺は何があったのかを、一部始終教える。

もちろん、キスに関しても、しっかりと説明しておいた。

フレンドリーな少女だということは彼女たちも理解していたらしく、恋愛的な感情はなかったこともなんとかわかってもらえたようだ。

「気を付けなよ、ほんと?　シャーロットさんが悲しむんだから」

「いくら明人先輩でも、シャーロット先輩を泣かせたら、許しませんから」

同級生と後輩の女の子に叱《しか》られ、俺は頷《うなず》くことしかできない。

「シャルに言うのは……」

「言えるわけないでしょ、とんでもない誤解を生みかねないし」

「よりにもよって、かなり綺麗な人に捕まってましたしね」

《はぁ……》と口を揃えて溜息を吐く二人。

何も言い返せない。

困っていたところを助けたのは後悔《こうかい》していないけど、リヴィのペースに押し切られたのは反省しないといけなかった。

「それにしても、本当に初対面なの？　やけに親しそうだったけど？」

「それはさっきも言った通り、彼女がフレンドリーなだけだ」

「やっぱり、海外の方って凄《すご》いですね……。私も、見習いたいところですが……」

自分がリヴィのように振る舞う姿が想像できないのか、香坂さんは難しそうに首を捻《ひね》る。

「あれは私にも無理よ。だって、初対面の男子にキスなんてできないもん」

そう言いながら、先程の写真が映ったスマホをチラチラと見せてくる清水さん。

弄《いじ》る気満々じゃないか。

「それは消してくれ」

万が一にも、事故でシャルに見られたら最悪だ。

「さすがに消しておいたほうがいいでしょうね」

「ちぇっ、せっかく青柳君の弱味を握ったってのに」

清水さんは唇を尖らせながら、写真を消してくれた。

どうやら香坂さんが持っていたのは、清水さんのスマホだったようだ。

その後は二人と別れ、予定通りエマちゃんとスポーツショップを見に行ったり、ぬいぐるみを見に行ったりと、落ち着いた時間を過ごせたのだった。

第六章 「美少女留学生は待ちきれない」

ついに迎えた――十二月二十四日、クリスマスイヴ。

今日は終業式ということもあり、朝から学校中が活気に満ちている。

終業式を終えて午前解散になった今なんて、教室でお祭り騒ぎになっていた。

「野郎ども、クリスマス会やるぞ……！」

彰《あきら》も、変なテンションになっている。

所属しているユースも今日から練習休みらしいので、ちょうどいいのだろう。

「私も参加した～い！」

「私も～！」

クリスマス会には、お相手がいない男子だけでなく、女子やカップルも参加するようだ。

そうなってくると、当然――。

「シャーロットさんも、行くよね？」

人気者のシャルに声がかかってしまう。

「あっ、えっと……」

シャルは言い淀《よど》みながら、チラッと俺の顔を見てきた。

この後の予定はどうするか、きちんと話してはいない。

だけど、お互い同じ気持ちだろう。

「ごめん、付き合って初めてのクリスマスイヴだから、今日は二人きりにしてほしいんだ」

俺はシャルの肩を抱き寄せ、誘ってきた女子に謝る。

「お～、相変わらずお熱いね～！」

「はいはい、勝手にいちゃいちゃしてくださ～い！」

女子たちは、ニマニマとしながら俺たちを見てくる。

シャルが来たばかりの頃とは違い、今では俺が間に入っても全然嫌なことを言われなくなった。

むしろ、歓迎してくれている節があるし、こういう温かい茶々《ちゃちゃ》を入れられることが多い。

「くっ、やっぱこういう時は我慢できねぇ……！」

「青柳《あおやぎ》、お前ばかりずるいぞ……！」

まぁ男子たちは、血の涙を流す勢いで悔《くや》しがっているのだけど。

シャルがかわいすぎるので、その気持ちがわからないわけではない。

「クリスマスイヴに、二人きりね～？」

そんな中、ニヤニヤとしながら清水《しみず》さんが近付いてくる。

「何か言いたそうだね？」

「がんばれ、男の子」

声をかけると、サムズアップをされてしまった。

うん、完全にバレてるな。

「普通に、のんびり過ごすだけだよ？」

「そそそ、そうです！　のんびり過ごすだけです！」

俺の言葉に同調するように、必死に頷くシャル。

顔が真っ赤になっていて、明らかに動揺《どうよう》しているので、もうそれは自白しているようにしか見えない。

こうなるのが目に見えていたから、あえて当日まで声をかけてなかったのだけど――最初から、シャルもそのつもりだったようだ。

「シャーロットさん」

ちょんちょん、と清水さんはシャルの肩を指で突《つつ》く。

そして、顔を耳元に寄せ――

「聖夜だもんね、いい思い出にしておいで」

――何かを囁《ささや》いた。

「～～～～～っ！」

途端に、シャルが言葉にならない声をあげて、悶《もだ》えてしまう。

何を言ったのか聞こえなかったが、シャルの反応で大体想像がついた。

おそらく、夜のことに触れられたんだろう。

「へぇ、あの二人今日するんだ……」

「シャーロットさんが、いよいよ……」

「二人とも奥手そうなのに、意外……」

こちらを見ていた女子たちも、察してしまったようだ。

さすがに、クラスメイトたちに周知されるのは恥ずかしい。

「あぁ……ついに俺のシャーロットさんが、青柳に汚される……」

「いや、お前のじゃねぇだろ。でも、やっぱショックだよな……」

男子たちも気付いており、あからさまに落ち込んでいた。

この勢い、学校中に広がるんじゃないだろうな……？

「あの、本当に違いますからね……!?」

「わかってるわかってる」

シャルは周りに知られたことに気付いていないようで、一生懸命清水さんに誤魔化《ごまか》そうとしている。

清水さんは笑顔で話を聞いているのだけど、軽く流しているようなので、全然意味はなしてなさそうだ。

「――みんな……何を、騒いでいるの……？」

クラスの状況が読めないようで、華凜《かりん》がオドオドとしながら近付いてきた。

純粋な子だから、今晩何が行われるのかわからないんだろう。

「気にしなくていいよ」

妹にはいつまでも純粋でいてほしい俺は、笑顔で誤魔化しておいた。

「そう……？」

華凜は不思議そうに小首を傾《かし》げるが、それ以上踏み込もうとはしない。

俺の言うことを素直に聞いてくれているようだ。

「そんなことよりも、明日は来てくれるんだよね？」

今日がクリスマスイヴということで、明日はシャルの誕生日だ。

そのため、親しい友人たちを新しい家に呼んで、誕生日会を開くことになっている。

花音《かのん》さんは、姫柊財閥《ひめらぎざいばつ》が持つホテルのホールを会場にして、知り合い全員を呼ぼうと言っていたのだけど、そうしてしまうとシャルが慌ただしいことになる。

せっかくの誕生日にそんな可哀想《かわいそう》なことはできないので、親しい者たちだけで祝福しようというわけだ。

「んっ、行く……！　プレゼントも、買った……！」

シャルと仲がいい華凜は、自慢げにコクコクと頷《うなず》く。

ちゃんと準備していることを、褒《ほ》めてほしいのかもしれない。

「うん、ありがとう。明日は、駅に迎えに行くから」

「家、変わったんだよね……？」

間違って前の家に華凜が来てしまわないよう、引っ越した時点でそのことは伝えていた。

だから、知ってることは当然なのだけど――雰囲気《ふんいき》が、少しおかしい。

「東雲《しののめ》さん？」

華凜が俯《うつむ》いてしまったので、心配になって声をかけてみる。

すると、スマホを取りだし、何やらメッセージを打ち始めた。

打ち終わると、俺のスマホから通知音がなる。

画面を見てみると――。

《妹の私は一緒に住んだら駄目なのに、他の人とは住むんだね？》

華凜にしては珍しい、恨み言のメッセージが届いていた。

一緒に住みたいと言った華凜のお願いを断わってすぐに、こうして花音さんたちと住むようになったので、そのことを根に持っていたらしい。

《その理由は説明したよね？》

彰と清水さんへ話す時に、当然華凜も呼んで説明はした。

納得はしてくれたはずだけど……。

《頭では納得できても、気持ちで納得できない……》

どうやら、理解はしても認めることはできないようだ。

華凜は顔を上げて、プクッと膨《ふく》らませた頬《ほお》を俺に向けてくる。

前髪の隙間《すきま》から見えるオッドアイは、不満そうなものになっていた。

一緒に住みたいということで、妹が拗《す》ねてくれるのは嬉しいのだろうけど……。

《やらないといけないことは終わったから、いつでも泊まりに来たらいいよ》

不満を抱かせておくのは可哀想なので、前にした約束を持ち出した。

明日から冬休みなのだし、いい機会だろう。

お泊まり会ならシャルも喜びそうだ。

《私、新しいお姉ちゃん知らない……》

新しいお姉ちゃんとは、花音さんのことだ。

俺の姉になる人だから、自分の姉だとも思っているんだろう。

花音さんも華凜の存在を知っており、自分の妹でもあるのだから会わせてほしい、みたいなことを前に言っていた。

人見知りの華凜には、会ったことのない人がいる家に泊まるのはハードルが高いようだ。

《優しい人だし、俺もシャルもいるけど、やめておく？》
無理強《むりじ》いはできないし、華凜が泊まりに来たくないなら、別にそれはそれでかまわない。
《ううん、泊まる……》
だけど、泊まってはみたいようだ。
《じゃあ、また泊まりたい時は連絡しておいで》
《明日は？》
華凜はすぐにでも泊まりたいようで、明日は駄目なのか聞いてきた。
家に来るのだし、そのまま泊まるのがいいというのは、わかるのだけど――。
《ごめん、明日はシャル優先でいたいから、別の日でお願い》
夜まで他の子がいると、シャルが甘えづらいだろう。
誕生日なのにそれは可哀想だし、俺も二人きりでシャルを甘やかしたいので、明日だけは遠慮《えんりょ》願いたい。
何より、明日華凜が泊まるなんて言い出したら、来る予定の清水さんや香坂《こうさか》さんまで泊まろうとしかねないし。
女子会みたいになると居心地が悪くなるので、それは避けたかった。
《わかった……》
《他の日なら大丈夫だから》

わかりやすく落ち込んだ華凛に対し、俺はフォローしておいた。

「──なんで、目の前にいるのに、スマホでやりとりしてるんだよ？」

突然、彰が後ろから肩を組んできた。

俺たちのことを見ていたようで、スマホのやりとりまでバレている。

「聞かれたくない話をしてたんだ。彰も、明日は来れるんだよな？」

「あぁ、もちろんだ。とはいっても、本当に俺が行ってもいいのか？」

彰は積極的にシャルにアタックしていたけど、その結果は芳《かんば》しくなかった。

シャルは男子を怖がっているところがあって、見えない壁みたいなものを張っているから、彰は避けられているとすら感じたこともあっただろう。

昼は一緒に食べているとはいえ、誕生日会に行くのは気が引けるようだ。

「彰が来てくれないと、俺もいづらくなるんだよ……」

明日の参加者は歳《とし》が近いメンバーだけでも、花音さん、清水さん、香坂さん、華凛がいる。

その上、神楽耶《かぐや》さんやソフィアさんも参加するので、女子ばかりだ。

せめて、男子が一人いてくれないと、俺が場違いになってしまう。

「まぁ、それもそうだけど……男子って、他に呼んでないんだろ？」

「悪かったな、友達が少なくて」

「い、いや、そういうわけで言ったんじゃないけど……！」

彰は慌てて首をブンブンと左右に振る。

生憎《あいにく》、俺が信用できる男子は彰だけだ。

他の人を呼んで、万が一シャルに不快な思いをさせられても困る。

理玖《りく》は信用できるし、この前のお礼も兼ねて呼ぼうかと思ったのだけど——清水さんが嫌がってしまったので、呼んではいない。

シャルをはじめとした、他の参加者とほとんど話したことがないのだから、呼んでも浮いてしまう——と力説されたのだ。

なんだか、意地でも参加してほしくなさそうだった。

「青柳君も、友達が少ない……？」

「いや、そんな《同志を見つけた》みたいな目をされても……」

華凜が嬉しそうな目を向けてきたので、俺は苦笑いを返してしまう。

でも、実際俺の友達って異性ばかりで、同性だと彰と理玖しかいないんだよな……。

もしかしなくても、周りから見たらやばい奴なのだろうか……？

「ところで、東雲さんは今日のクリスマス会には来ないの？」

彰は昔の反省を活《い》かして、優しい言葉を意識しながら華凜に話しかけた。

「あっ……青柳君も、シャーロットさんもいないなら……行かない……」

しかし、華凜はシャルの歓迎会の時みたいに、断ってしまった。

話し相手がいないと思っているんだろう。

清水さんはクリスマス会に参加するようだけど、一緒に昼を食べていないせいで、彼女とは未だに打ち解けていない。

何より、友達が多い清水さんは周りを友人たちに囲まれているだろうから、華凜が話しかけるのは無理だと思う。

「こういう時に参加してみるのもいいと思うよ？　何かあったら、彰がフォローしてくれるだろうし」

あまりこういった集まりに参加させるのは、兄目線で見ると心配もあるのだけど、彰と清水さんが参加している以上、過ちが起きることはない。

話すことは難しくても、変なことをされないよう目を光らせることは、清水さんもしてくれるだろうから。

せっかくの機会なのだし、成長のために参加してみてほしかった。

しかし――。

「ううん、大丈夫……」

華凜は、やっぱり参加したくないようだ。

「俺の信用のなさ……」

自分が嫌がられていると思った彰は、ショックそうに肩を落とす。

「いや、これは違うと思うけど……。単純に話し相手がいないから、参加したくないだけだと思う」

「んっ……」

俺が補足すると、華凜はコクコクと頷いた。

話し相手がいなければ居心地の悪い時間を過ごすだけだし、華凜が二の足を踏むのも仕方がない。

「香坂さんにも、参加してもらう――ってのは、さすがになしか」

名前を出した途端に彰が嫌そうな表情をしたので、自分で訂正《ていせい》しておいた。

「明人《あきひと》、サラッととんでもない提案をしてくるな」

「まぁ、二年生の中に参加させるのは、可哀想《かわいそう》だよな」

華凜の話し相手にはなってほしいが、香坂さん自身人見知りをするタイプなので、二年生の会に参加するなど彼女が嫌がりそうだ。

慣れれば、礼儀《れいぎ》正しくていい子なんだけどな……。

「それ以前に、俺があいつと仲悪いし」

「そうか？」

「なんで首を傾《かし》げるんだよ……。よく言い合いをしているだろ？」

彰は不服そうにするけど、傍《はた》から見た感じその言い合いは、じゃれているようにしか見えないんだよな。

「まぁ、誘わないならいいだろ。東雲さんも、本当に参加しないんだね？」

「んっ……」

最後にもう一度確認してみるけど、意思は変わらないようだ。

俺も参加しない以上、強くは言えない。

「それじゃあ、もう俺はシャルと帰るよ」

現在シャルは、清水さんをはじめとした女子たちに囲まれて、弄《いじ》られまくっている。

さすがにそろそろ助けてあげないと、可哀想だ。

「二人とも、また明日な」

「あぁ、じゃあな」

「ばいばい……」

俺は二人に別れを告げ、女子たちの輪へと入っていく。

「シャル――」

「あーくん、助けてください……！」

中心まで行くと、顔を真っ赤にした涙目のシャルが、勢いよく抱き着いてきた。

「えっと……」

「皆さんが、いじわるするんです……！」

シャルはグリグリと顔を押し付けてくる。

よほど恥ずかしかったようだ。

まぁ離れたところから見ていたから、聖夜のことで弄られまくっていたのは知っているんだけど。

シャルがかわいい反応をするから、女子たちの歯止めが利《き》かなくなっていたんだろうな。

「あはは……ごめん、シャーロットさん、青柳君」

元凶である清水さんが、頬《ほお》を指で掻《か》きながら謝ってきた。

「本人が嫌がるほどするのは、やりすぎだよ」

俺はシャルの頭を優しく撫《な》でながら、女子たちを注意する。

肝心《かんじん》の女子たちは、俺の言葉よりも行動に興味を示しているようだ。

「こんな堂々と、抱きしめながら頭を撫でるなんて……」

「青柳君、大人の余裕みたいなのがあるんだよね……」

「凄《すご》くナチュラルに撫で始めたけど、いつも二人でいちゃつきまくってるんじゃ……？」

「正直、シャーロットさんが羨《うらや》ましい……」

頬を赤く染めながら、熱心に俺とシャルを見つめてくる女子たち。

なんか、別の意味でネタにされそうだ。

「シャル、帰ろうか？」

「はい……」

このまま注目されているのは嫌なのでシャルに声をかけてみると、シャルはコクリッと小さく頷《うなず》いた。

相変わらず顔は俺に押し付けており、みんなの顔を見られないようだ。

知識は豊富そうなのに、シャイだから夜の話には弱いんだろう。

仕方がないので、そのままシャルの机へと連れて行くと、シャルは自分の鞄《かばん》を手に取った。

同じようにして俺の席にも行き、鞄を取ると二人で廊下《ろうか》へと出る。

「シャル、もう離れないと……」

廊下には当然他のクラスの生徒たちがおり、教室で何があったのか知らない学生が見ると、俺たちは夜を待たずしていちゃついているカップルにしか見えない。

あまりこういった会話で話題になるのは先生たちの心証が良くないので、誤解は生まないに越したことはないのだ。

特に、美優《みゆ》先生に何言われるかわからない。

「――あっ、明人先輩、シャーロット先輩、お帰りですか？」

シャルが離れた後、階段を降りようとすると上から声がした。

顔を上げると、二階堂《にかいどう》さんをはじめとした一年生の女子たちが俺たちを見ている。

ちょうど、一年生の廊下から階段で降りてきたところのようだ。

「そうだね、そちらはみんなで遊びに行くのかな？」

「はい、女の子たちだけでクリスマス会です。シャーロット先輩はいいですよね、明人先輩のような素敵な彼氏さんがいらっしゃるので」

二階堂さんは言葉にしている通り、羨ましそうにシャルを見る。

彼氏がほしい年頃なんだろう。

「ありがとうございます。あーくんは、本当に素敵な方なので」

そう言いながら、シレッと再度腕を絡めてくるシャル。

これはもしかしなくても、《自分の！》とアピールしているんだろうか？

「あはは……手を出したりしませんよ。お二人は素敵なカップルで、私たちの推しですから」

二階堂さんはシャルの行動を俺と同じ意味で捉えたようで、困ったように笑った。

そういえば、前に香坂さんが言っていたけど、俺たちはカップルとして一年生に推されているようだ。

動画配信サイトでたまに見かける、カップルチャンネルのような感じで見られているんだろうか？

「姫花《ひめか》ちゃんばかりずるい……！　私も、お二人とお話ししたいです……！」

「わ、私も！」

「私は一緒に写真を撮ってほしいです！」

まるで、芸能人に会ったかのような反応をする一年生の子たち。

いろいろと問題が起きたこともあってこの学校では有名だろうけど、別に求められるようなものではないと思う。

——だけど、一年生の子たちが俺たちに対して好意的になっているのは、都合がいい。

俺は他の生徒たちの邪魔にならないよう、彼女たちを校舎の外へと連れていく。

一年生の子たちは何か勘違いしたようで、キャーキャーと黄色い悲鳴を上げながらついてきたのだけど、別に写真を一緒に撮るつもりはない。

ただ、話とお願いがしたかっただけだ。

「二階堂さんって、香坂さんと同じクラスだよね？」

「えっ、そうですけど……？」

香坂さんの名前を出すと、明らかに二階堂さんは身構えた。

はしゃいでいた女子たちも怪訝《けげん》そうな表情をして、《なんで香坂さんなんかの名前が……》と、明らかに嫌そうな反応を見せる。

想定していた範囲の反応だ。

「あーくん、何を……？」

不穏な気配を察し、シャルが俺を止めようとしてくる。

だから、彼女が安心するように笑みを浮かべ、二階堂さんに向き直した。

「香坂さんのことは苦手かな？」

敵対する気はない、そうわかるよう優しく尋ねる。

「香坂さんが、よく明人先輩たちと一緒にいるのは、知っています……」

不本意ながら、俺たちは学校で有名人となっている。

それはつまり、周りから注目されるということで、一緒にいる子の情報も共有されているだろう。

そして、一年生なのに一人だけ俺たちと一緒にいる香坂さんのことを、良く思わない生徒もいる。

元々彼女自身が周りに溶け込めていなかったこともあり、最近では更に浮いているようだ。

香坂さんに友達ができるまで、寂しい思いをさせないよう俺たちのグループに入れておくようにしたが、それが裏目に出ているのなら対処はしないといけない。

「でも、正直……私たちは、仲良くないです……」

前に接した感じ、二階堂さんは素直な子だと思った。

自分の気持ちをちゃんと言ってくれているし、その見立ては間違ってないようだ。

こういう子のほうが、香坂さんとは相性がいい。

「それはどうして？」

「えっと……」

二階堂さんは両手の人差し指を合わせながら、視線を彷徨《さまよ》わせる。

他の女子たちも、バツが悪そうに視線を逸《そ》らしていた。

「知りたいだけだから、思ってることを言ってくれていいんだよ？」

別に叱《しか》りに来たわけでも、文句を言いに来たわけでもない。

俺はただ、二階堂さんと香坂さんの間を取り持ちたいだけだ。

そのためには、二階堂さんがどう思っているのかを知る必要がある。

香坂さんのほうは、前に二階堂さんが俺とシャルのことを良い意味で周りに吹聴《ふいちょう》していたことで、好感を抱いているようだ。

「…………」

「歯に衣着《きぬき》せぬ言い方で、直にキツいことを言ってきたり……まじめすぎて、近寄りづらい雰《ふん》囲《い》気《き》があると言いますか……」

二階堂さんの話を聞いて、シャルがジッと俺の顔を見てくる。

どこかの誰かさんと同じだ、とでも思っているんだろう。

まぁ俺の場合は、わざと嫌われるためにしていたところがあるのだが。

「いくら正論でも、言い方は考えてほしいよね？」

「はい……」

申し訳なさそうにしながらも、二階堂さんは小さく頷く。

やっぱり、言い方の部分が引っかかっているようだ。

気まずそうにしているのは、俺と香坂さんの仲がいいことは知っているので、彼女を悪く言うことに負い目を感じているんだろう。

「仲がいいから――と思われるだろうけど、香坂さんは、優しくていい子なんだ。ただ、人見知りをしてしまうし、慣れてない相手とどう接したらいいかわからなくて、不愛想な物言いになるだけで」

まずは、香坂さんのことを知ってもらう。

そこからだ。

「明人先輩は、香坂さんと同じ中学校なんですか……？」

「そうだよ。同じ中学校で、同じ部活だったんだ。だから、この学校では多分あの子を一番理解してると思う」

俺がそう言うと、シャルが抱き着いてきている腕にギュッと力を込めた。

言い方が嫌だったのかもしれない。

「こうやって私に接触しているのも、香坂さんのためってことですね？」

インフルエンサーとして活動しているからか、理解は早い。

「あの子の場合、周りに勘違いされて溝《みぞ》ができてるから、それをなくしたいんだ。香坂さんと仲良くしてもらうことは、君にとってもいい方向に働くと思う」

香坂さんはまじめで、時に厳しいことも言うかもしれないが、困っている人は絶対に見捨てない子だ。

二階堂さんが困った時、必ず力になってくれるだろう。

しかし──。

「香坂さんが……？」

「そうは思えないよね……？」

二階堂さんの後ろにいる女子たちは、俺の言葉が信じられないようだった。

多分、既に何度か衝突しているんだろう。

「…………」

二階堂さんは、ジッと俺の顔を見つめてきながら、何やら考えているようだ。

そして──。

「わかりました、この後のクリスマス会に、香坂さんを誘ってみます」

笑みを見せてくれた。

「姫花ちゃん!?」

「本気なの!?」

「絶対空気悪くなるよ……!?」

まさか二階堂さんが頷くと思っていなかったようで、一緒にいた女の子たちが慌て始めた。

俺も、《すぐに》という意味で言っていなかったので、まさかクリスマス会に呼ぼうとするとは思わなかった。

「何度か注意されただけで、私たちのほうから香坂さんを遠ざけてたところあるじゃん？　それって良くなかったって思うんだよ」

「それは、そうかもしれないけど……」

「でも……」

二階堂さんたちと、香坂さんに何があったかは知らない。

香坂さんの反応から、深い溝はできていないと思っていただけで、やっぱりゴタゴタはあったようだ。

だけど逆に言えば、香坂さんが気にしていないレベルの揉《も》めごとでしかない。

いくらでも、やり直せるだろう。

「みんなの気持ちはわかるし、私だって明人先輩に言われなかったら、向き合おうとは思わなかった。でもね、知りたいなって思ったんだよ。明人先輩とシャーロット先輩は見る目がある人だと思ってて、そんな人たちが一緒にいるだけでなく、こうして香坂さんのために動いているんだもん。だから、本当はどういう子なのか、一度向き合ってみたい」

動画の件が起きた時は、物事を深く考えない軽率《けいそつ》な子だと思ったけれど、こうして話してみるとしっかり考えられる子に見える。

ノリや感情に流されることがあるだけで、頭はいい子なんだろう。

「と言いますか、明人先輩たちに一度迷惑をかけて助けてもらった以上、お願いは断れないんですけどね」

俺のほうを振り返った彼女はまじめな雰囲気がなくなり、テヘッとかわいらしくおどけた。場の空気を和《なご》ませようとしたんだろう。

「ありがとう、助かるよ」

他の子たちは一応納得したようだけど、まだ心の中には思うところがあるはずだ。二階堂さんだけでも香坂さんと向き合ってくれるなら、それでいい。

「でも、もう帰っちゃいましたかね……？」

クラスに友人がいない香坂さんは、ショートホームルームが終わってすぐに教室を出ているだろう。

もう帰っていてもおかしくないが……。

「電話でもいいかな？」

「えっ……あっ、はい」

確認を取ると、戸惑いつつも二階堂さんは頷《うなず》いてくれた。

俺はすぐにスマホで香坂さんに電話をかける。

《――はい、楓《かえで》です。どうかされましたか？》

コールが数度鳴ると、香坂さんは電話に出てくれた。

「急にごめん。今大丈夫かな？」

《ええ、駅で電車を待っていますので》

どうやら、まだ間に合うらしい。

「それじゃあ、二階堂さんから話があるんだけど、代わってもいいかな？」

《えっ⁉　なんで、二階堂さんが⁉》

俺の口から彼女の名前が出てくるとは思っていなかったようで、とても驚いている。

それもそうだろう。

二階堂さんが俺経由で連絡をしてくるなんて、思いもしなかっただろうからな。

「駄目かな？」

《い、いえ、大丈夫です……》

緊張しているような声だけど、話してくれるようだ。

「二階堂さん、お願いできるかな？」

「は、はい……」

二階堂さんも、緊張したようにスマホを受け取る。

仲が良くないと言っていたくらいだし、誘うのは勇気がいるだろう。

「えっと……こんにちは、二階堂です……。その、実は――」

二階堂さんは、約束通り今日行われるクリスマス会に香坂さんを誘ってくれた。

電話越しから彼女の驚く声が聞こえてきたけど、嫌そうにはしていないと思う。

そのまま、二人は話をしていき――次第に、二階堂さんの表情と口調は和らいでいった。

「――来てくれるそうです」

電話を終えると、二階堂さんは笑顔でスマホを返してきた。

「なんか、何度も行っていいのか聞いてる感じだったね？」

二階堂さんが何度も笑いながら《大丈夫》と答えていたので、しつこく確認をしていたようだ。

でも、断らず何度も確認をするということは――。

「誘われると思っていなかったようで、心配したんだと思います。でも、大丈夫だってことがわかると――誘ったこと、喜んでくれていました」

そう教えてくれた二階堂さんは、嬉しそうに笑みを浮かべている。

やっぱり、香坂さんは参加したかったようだ。

お節介《せっかい》で終わらなくてよかった。

「香坂さん、喜んでくれたんだ……」

「私たち、絶対嫌われてると思ってたのに……」

後ろにいる女子たちも、意外そうに驚いている。

これで、一つ誤解は解けただろう。

悪いことに悪いと遠慮《えんりょ》なく言ってしまうだけで、別に周りと喧嘩《けんか》したいわけじゃないんだ。

むしろ、仲良くしたい子なのだから、こうして誘われれば喜んでくれる。

「まだ慣れてないと思うから、不愛想な言い方をするかもしれないけど、慣れるまで付き合ってあげてくれると嬉しいかな」

「大丈夫ですよ、人付き合いは私の得意分野なので」

香坂さんが嬉しそうにしたことで、仲良くなれる相手だと思ってくれたんだろう。

自信ありげに、二階堂さんは喜んでくれた。

「ありがとう。それにごめんね、時間を取って」

「いえいえ、こちらこそありがとうございました」

お礼を言われる覚えはないが、まぁ社交辞令みたいなものだろう。

「それじゃあ、俺たちはこれで。クリスマス会、楽しんできてね」

「は～い、失礼します！　先輩方も、素敵な夜をお過ごしくださ～い！」

「――っ!?」

二階堂さんの冗談に、シャルが敏感に反応してしまった。

夜という言葉で、連想してしまったんだろう。

顔が真っ赤になったので、一年生の子たちも顔を赤くしてこちらを見てくる。

「あ、あ～、なるほど。冗談のつもりが、本気で……」

二階堂さんまでも、察して顔を赤くしている。

気まずそうに目を逸《そ》らしていて、なんだか申し訳なくなってきた。

「単に照れてるだけだから、気にしないで」

そんな言葉を信じてくれるとは思えないが、そう言うしかない。

年明けには、学校中に広まってそうだ。

とりあえず、このままだと更に墓穴を掘りそうなので、俺たちは別れを告げて早々に立ち去ることにした。

「――そっか……先輩たち、大人になるんだ……」

「まぁでも、ちょっと意外だよね……。シャーロット先輩が明人先輩にメロメロだから、とっくにしてると思ってた……」

「後輩のために、こうしてお願いしてくる優しい先輩だし……シャーロット先輩を抱《だ》くのも、優しそう……」

「わからないよ……？　ああいう人が意外と、夜は狼になるのかもしれないし……」

「シャーロット先輩が、滅茶苦茶《めちゃくちゃ》にされたりとか……？」

「「「…………」」」

チラッと後ろを振り返ると、一年生たちは顔を赤くしながら見合わせていた。

なんの話をしてるんだろう……？

俺の腕に抱き着いているシャルが、先程から一人悶《もだ》えまくっているので、俺たちの話をされているようだけど……。

気にはなるが、俺の耳では聞き取れないのでどうしようもない。

戻って聞きに行くわけにもいかないし。

とりあえずシャルの様子を見るに、ロクなことは言われてなさそうだ。

俺は彼女たちの話が気になるものの、シャルのためにさっさと立ち去るのだった。


「「「あの二人がすると、どんなふうになるのか……気になるなぁ……」」」

――何やら、とても熱い視線を背中に感じたけど。

◆

「…………」

帰り道、シャルはチラチラと俺の顔を見上げてくるが、何も言ってはこない。

この後の予定が気になっているけど、自分から聞くことができずにいるんだろう。

シャルが知っているのは、エマちゃんを迎えには行かず、このまま家に帰るということくらいだ。

エマちゃんに関しては、俺たちに時間を作るために、ソフィアさんが迎えに行ってくれる。

そのまま、家に着くと――。

「誰も、いませんね……？」

普段ならこの時間は神楽耶さんがいるはずなのだけど、花音さんのほうも終業式なので、迎えに行っているんだろう。

「………」

シャルは、期待したように熱っぽい視線を向けてくる。

誰もいない二人きりの状況だから、甘えたいのかもしれない。

「実は花音さんから、今日は家に帰らなくていいって言われているんだ。服だけ着替えて、俺たちが前に住んでいた部屋に行かない？」

「――っ！」

シャルの体を抱き寄せながら尋ねると、シャルは顔を真っ赤にして息を呑《の》んだ。

ちゃんと、意図が伝わったのだろう。

「は、はい、すぐに準備してきます……！」

そして、パタパタと急いで部屋に戻ろうとする。

気がはやっているんだろう。

俺たちは同じ部屋なので、ドアの前でシャルが着替え終わるのを待つ。

「――お待たせしました……！」

部屋から出てきたシャルは、普段家で着ているTシャツやズボンなどの、ラフな格好ではなかった。

胸元に白くて大きなハートマークが描かれた、黒を基調としたパーカーを着ており、下もかわいらしいピンク色のミニスカートだ。

遊びに出かけるわけではないのに気合が入った服装なので、この後のことを意識しているのが伝わってきて嬉しい。

「かわいらしい服だね」

「えへへ……この前、遊びに連れていって頂いた時に、花音お姉さんが買ってくださったのです」

シャルはかわいらしく頬《ほお》を緩《ゆる》ませながら、ハートマークを見せつけるように服を両手で広げる。

この笑い方をする時は、かなり上機嫌なんだと思う。

あの日は神楽耶さんが大量に紙袋を持って帰ってきたのだけど、中身は全てシャルの新しい服だった。

花音さんがシャルを着せ替え人形のようにして楽しみ、そのお礼として服を沢山《たくさん》プレゼントしてくれたようだ。

「よかったね、よく似合ってるよ。それじゃあ俺もすぐに着替えるから、リビングで待っててね」

入れ替わるようにして今度は俺が部屋で着替え、必要なものを持ってリビングに向かう。

リビングのソファではシャルが座っており、ソワソワと落ち着かないように体を揺すっていた。

「それじゃあ、行こうか」

「はい……！」

声をかけると、嬉しそうにシャルはくっついてきた。

当たり前のように指を絡ませ、恋人繋《つな》ぎをしてくる。

それだけでは飽き足らず、空《あ》いている右手で俺の右腕に抱き着いてきて、肩に頭を乗せてきた。

甘えん坊モード全開のようだ。

なぜか大き目な鞄を提げているんだけど、着替えにしても量が多い気がする。

いったい何が入っているんだろう？

「――お昼、どうしよっか？　外食してみる？」

部屋を出て鍵《かぎ》を閉めながら、お昼の予定を聞いてみる。

学校が午前で終わったので、まだ何も食べていないのだ。

せっかくのクリスマスイヴなので、外食のほうがいいかと思ったけど……。

「私が作りたいです……」

今日も、シャルが作ってくれるみたいだ。

「調理器具って、まだ置いてありますよね？」

「うん、一応残してあるよ」

この家には既にお高い調理器具が運び込まれていたので、シャルがいつも使っていたものは部屋に残しておいた。

「スーパーに寄りたいです」

「そうだね、食材を買わないと」

「……あーくんは、先にお部屋に行ってくださって大丈夫ですよ？」

「えっ？」

意外なことを言われ、俺はシャルの顔を見る。

こんなこと、今まで言われたことがない。

一緒に買いに行くのが当たり前で、買いものの時間でさえ幸せだったから。

「俺、邪魔かな……？」

「そ、そういう意味ではなくて、ただ……！」

慌てて否定した後、シャルはバツが悪そうに顔を背ける。

何か、言いにくいことがあるのだろうか……？

「ごめん、外であまり一人にはさせたくなくて……」

シャルが一人で買いに行きたいなら、気持ちを尊重してあげたいところではあるのだけど、動画の件で有名になった彼女を一人にさせたくはない。

万が一のことがあっても、おかしくないからだ。

「そう、ですね……」

シャルも納得したようで、小さく頷《うなず》いてくれた。

その表情は、落胆《らくたん》――ではなく、なぜか照れているようだ。

いったい何を買うつもりだったんだろう？

不思議に思いつつも、シャルを困らせないためにグッと言葉を呑み込んだ。

スーパーに着くと――。

「これと、これ……あと、これも……」

既にシャルの中で何を作るか決めているようで、野菜から順にかごへと入れていく。

俺は黙ってかごを運ぶのだけど、シャルがいったい何を作るのか全然わからない。

かごに入っているのは、玉ねぎやニラ、ほうれん草などの野菜の他に――牡蠣《かき》、鰻《うなぎ》、鯖《さば》、牛肉、豚肉などのメイン食材だ。

ショウガはともかく、オクラやアボカドなどの普段買わない食材まで買っているし、本当に何を作るんだろうか……？

それに、昼と夜の分を買っているにしても、量が多いような……？

「結構高くつきそうだけど、大丈夫……？」

普段シャルは、俺やエマちゃんが要望を言わない場合、安いものを選んでそこからレシピを考え、必要なものだけを買っていくスタイルだ。

それなのに、今回は高い食材も沢山買っている。

「大丈夫です、私のお小遣いから出しますので」

「いや、さすがに俺も半分出すよ」

二人で食べるものなんだから、お金は当然半分出す。

この様子だと、シャル自身も高いものに手を出しているのはわかっているようだ。

「私が好きに買っているだけなので、私が出します」

しかし、この食材たちを買うのは自分の我儘《わがまま》だと思っているのか、シャルは首を左右に振った。

「駄目だよ、そこはちゃんとしないと。二人でやっていくことなら、それが――」

と、そこまで言って、ふと思いとどまる。

こんなことを言ってしまうと、デートの時に半々にしようとシャルが言い出したら、反論ができなくなってしまう。

なんでもかんでもお金を出すわけではないけど、やっぱり自分が出したい時はあるのだ。

その時に奢《おご》らせてもらえなくなるのは、かなり困る。

「私が、出したいです……」

考えていると、シャルが上目遣いにお願いしてきた。

ここは今後のためにも、シャルの気持ちを尊重したほうが良さそうだ。

「そっか、ありがとう。それじゃあ、次デートする時は、俺に出させてね」

今はこれが、一番いい落としどころだろう。

「はい、その時は甘えさせてください」

シャルは嬉しそうに笑って、小さく頷いてくれた。

彼女も喜んでくれているので、これでよかったようだ。

そのまま会計を済ませ――俺たちは、以前住んでいたマンションに帰るのだった。

◆

「――どうぞ、沢山食べてくださいね」

ホクホクの笑顔で、テーブルに並べた料理を見せてくるシャル。

逆に俺は、冷や汗をかいていた。

別に変なものは作られていない。

だが、量がおかしいのだ。

テーブルに並ぶのは、牡蠣のホイル焼きに、牡蠣とベーコンのアヒージョ。

そして牡蠣のほうれん草グラタンや、牡蠣のアクアパッツァという、牡蠣づくし。

それだけではなく、あさりのお味噌汁やホタテのカルパッチョ、鰻の蒲《かば》焼《や》きに鯖の塩焼きという、どう考えても二人で食べる分としては多すぎるおかずの数だった。

「あの、シャル……？」

「はい、どうされました？」

声をかけると、ニコニコと幸せそうな笑みを返されてしまった。

一瞬何か怒らせているのかと思ったけど、その気配は一切ない。

普段六人分作るようになっていたから、量を間違えてしまったのか……？

いや、さすがにそんなミスをする子ではないし、本人にもその様子は見えない。

俺の食べる量も把握《はあく》しているはずなのだけど——なんで、こうなった……？

「あっ、食べさせ合いっこしますか……？」

俺がおかずに手を付けないのを見て、シャルが隣に座り直してきた。

そして、ピトッとくっつきながら、期待したように見上げてくる。

食べさせ合いがしたいんだろう。

「これ、夜の分は取らなくていいの……？」

最後の可能性に賭《か》け、尋ねてみる。

「夜には、また別のを作りますので、全て食べてくださって大丈夫です」

しかし、その望みはあっさりと断たれてしまった。

やはりこの量は、昼に食べるもののようだ。

なんだかテンションがおかしくなっている気がするので、これはそのせいか……？

「ふーふー。はい、あーくん、あ～んです」

シャルはホイル焼きの牡蠣を箸《はし》で摘《つ》まむと、息を吹きかけて冷まし、俺の口元に近付けてきた。

はしゃいでいる姿はかわいいのだけど、俺のお腹は持つだろうか……？

「あーん……ぱくっ」

楽しそうなシャルに水を差すわけにもいかず、俺は牡蠣を口に含む。

「おいしいですか？」

「うん、相変わらず最高だよ」

シャルが作ったものが、おいしくないはずがない。

牡蠣はあまり食べたことがないし、癖《くせ》が強いイメージがあったけど、とてもおいしく食べられた。

「では、次をどうぞ」

次のおかずを取ろうと、シャルは箸を伸ばす。

「待って」

「えっ、どうされました……？」

シャルの手を摑《つか》んで止めると、彼女は戸惑いながら見上げてきた。

「食べさせ合いっこだよね？　次は俺が食べさせるよ」

今のシャルのテンションで食べさせ続けられるのは、正直怖い。

ペースは大丈夫だろうけど、俺のお腹が膨《ふく》れても延々に食べさせてきそうな気がするのだ。

そして俺も、シャルがお腹いっぱいになるまでは、食べてもらわないと。

せめて、シャルが食べさせようとしてきたら、断ることはできない。

「あっ、それもそうですね。それでは……」

シャルは、一膳《ぜん》の箸だけを使うようで、自身が持っていた箸を渡してきた。

間接キスを気にしないようだ。

「どれが食べたい？」

「どれでも大丈夫ですので、あーくんが選んでください」

先程はシャルが選んだものを食べさせてくれたので、シャルは俺にも選んでほしいようだ。

「それじゃあ……」

同じものを食べさせるのは芸がないので、俺はホタテを箸で摘まんだ。

俺が摘まむところを見ていたシャルは、目を瞑《つむ》って小さく口を開ける。

俺は同じように息を吹きかけてホタテを冷まし、小鳥の雛《ひな》のように待っているシャルの口へと入れた。

「もぐもぐ……」

シャルは口元を手で隠しながら、咀嚼《そしゃく》をしていく。

やがて、ゴクンッと飲み込み――

「えへへ……」

――幸せそうに、笑みを浮かべた。

「どうしたの？」

「ふふ……ごめんなさい。あまりにもこの時間が幸せすぎて、つい……」

そう謝りながら、シャルは俺の肩に頭を乗せてくる。

甘えたくなっているんだろう。

「俺も凄《すご》く幸せだよ」

目の前にある大量の料理には汗が出てくるけど、シャルと二人きりでいるこの時間が嫌なはずがない。

胸はとても温かくなり、嫌なことなど全て忘れそうになる。

「よかったです……」

シャルはスリスリと顔を腕に擦り付けてきた。

甘やかしたいところなのだけど――せっかくの料理が冷めてしまう。

食べ終わったらいちゃいちゃし放題なので、そこまで我慢してもらおう。

「後でゆっくりできるから、先に食べてしまおう？」

俺はシャルの頭を優しく撫《な》でて、笑顔を向ける。

「――っ。そう、ですね……」

シャルは頬《ほお》を赤く染め、勢いよく顔を逸《そ》らした。

……いや、なんで？

と疑問を抱いてシャルを見ていると、シャルが俺の持つ端に手を伸ばしてきた。

渡すと、今度は鰻《うなぎ》を箸で摘まみ、俺の口元へと持ってくる。

「はい……あ～んです……」

そう言ってくるシャルの瞳は潤っており、まるで熱に浮かされているようだった。

◆

「あーくん、大丈夫ですか……？」

ソファに座っていると、片付けを終えたシャルが話しかけてきた。

俺はといえば、現在お腹がはち切れそうなほどいっぱいで、まともに動けずにいる。

結局、全部残さず頑張って食べ切ったのだ。

「少し休めば、大丈夫だよ……」

「ごめんなさい、沢山《たくさん》作ってしまって……」

シャルは心配そうに見つめてきており、後悔《こうかい》しているようだった。

「ううん、どれもおいしすぎて、俺が食べすぎただけだから」

「あーくん……」

笑顔を向けたことで安心したのか、シャルは俺の隣に座ってくる。

そして、いつも通りピトッとくっついてきた。

「お風呂、どうされますか……？」

お風呂？

あぁ、夜どちらが先に入るかってことかな？

それなら、いつも通りシャルが先でいいと思うけど――。

「……………」

ふと、シャルが熱っぽい眼差《まなざ》しで俺を見ていることに気付く。

これ、多分違う……。

今入るかどうか聞いているんだ。

「入りたかったら、入っていいよ？」

俺はシャルがすれ違いに気付くよう、わざとらしく返す。

しかし――。

「い、一緒に……は、まだ早いですよね……？」

シャルは、更にアクセルを踏んできた。

上目遣いの誘いに、頭がクラクラしてきてしまう。

こんなの、我慢しろというのが無茶な話だ。

でも、俺には夜まで待ちたい理由があるわけで……。

「それじゃあ、夜一緒に入る……？」

こう返すしかなかった。

「えっ？」

シャルは、キョトンとした表情で首を傾《かし》げる。

「…………」

そのまま、黙り込んで何やら考え込み始めた。

「あっ……!?　えっ、その……！」

今度は、何かに気付いたように慌て始める。

おそらく、俺とシャルの考えが違うことに気付いたんだろう。

シャルの綺麗《きれい》な顔が、今まで見たことないレベルで赤く染まっている。

そして——。

「〜〜〜〜っ！」

言葉にならない声を上げて、逃げてしまった。

「シャル!?」

「こないでください……！」

慌てて追いかけると、シャルは寝室に逃げ込んだ。

しっかりと鍵《かぎ》までかけられてしまう。

「何してるの、鍵を開けて……！」

「ち、違うんです、これは違うんです……！　その、本当に違うくて……！」

何やら、一生懸命言い訳をしている。

何が違うのか全然わからない。

「とりあえず、出ておいでよ……！」

「無理です……！　ぐすっ……エッチな女の子だと、幻滅されちゃいました……！」

シャルは涙声になっていた。

自分でエッチな女の子だと言っているように、シャルは夜を待たずして、今からするつもりだったのだ。

だから、まだ入るには早いはずなのに、お風呂の話を切り出してきていた。

「大丈夫、幻滅なんてしてないから……！」

「嘘ですよ……！　あーくん優しいから、気を遣ってくれてるだけです……！」

今回のことは、シャルにとってよほどショックだったらしい。

シャイな子だし、恥ずかしくて仕方がないんだろう。

「大丈夫だって！　シャルが――！」

エッチな子だなんて、とっくにわかってたんだから――という言葉は、直前で呑《の》み込んだ。

こんなこと言ったら、更にシャルを追い込んでしまう。

その代わりに――。

「エッチでも、構わないよ！　むしろ、嬉しいくらいだ！」

受け入れるというのがわかる言葉を伝えた。

恥ずかしすぎて死にそうだ。

「う、嬉しいだなんて、おかしいです……！　そんなわけがありません……！」

シャルは俺が嘘を吐いていると思ったようで、信じてくれない。

今までそういった会話をしてこなかったから、余計だろう。

「本当だよ……！　俺だって、男なんだ！　彼女がエッチなことに寛容なほうが、嬉しいに決まってるよ……！」

なんとかすぐに、シャルが納得するよう言葉を考えて伝える。

思い付きのことを言っているから、無茶苦茶《むちゃくちゃ》なことを言っているかもしれないけど——嘘ではない。

「…………」

こちらも必死になっているのが伝わったのか、シャルは反論をしてこなかった。

黙り込んでいるので、考えごとをしているのだろうか？

続けて何か言ったほうがいいのか——そう考えていると、ガチャッと鍵が開いた。

ゆっくりとドアが開き、シャルが半分だけ顔をのぞかせる。

「本当、ですか……？」

どうやら、俺が嘘を吐いていないか、目で確かめにきたようだ。

「こんなことで、嘘は吐かないよ」

俺は逃げられないよう、ドアノブを手で持ちながら笑顔を返す。

「エッチな子でも、いいんですか……？」

てっきり否定するかと思ったけど、シャルは自分がエッチな子だと認めてきた。

上目遣いでそういうのを聞いてくるのは、ずるいと思う。

相変わらず、男心をくすぐってくる子だ。

「歓迎するから、出ておいで」

俺はドアノブから手を離し、シャルが見える位置にずれてから両手を広げる。

すると――。

「――っ！」

シャルはパァッと明るい表情を浮かべ、部屋から出て俺に抱き着いてきた。

ギュッと抱き留め、優しく後頭部を撫でてあげる。

「んっ……」

傷ついた後だからか、シャルは安心したように頰《ほお》を緩《ゆる》める。

そして、スリスリと顔を俺の胸に擦りつけてきた。

本当に甘えん坊でかわいい。

俺たちはそのままソファへと移動し、甘えん坊のシャルを甘やかしまくるのだった。

――もちろん、エッチは夜までお預けだ。

第七章
「美少女留学生と聖夜」

お昼の反省を活《い》かして少しだけ少なめになった晩御飯を食べた後、シャルは俺の膝に座って甘えてきていた。

エマちゃんがいる時はエマちゃんの特等席になっているけど、いない時はシャルの特等席になるかもしれないレベルで、最近俺の膝に座る頻度《ひんど》が増えている。

シャルも膝の上を気に入っているようだ。

「そういえば、年末には同人誌即売会の大型イベントが東京であるらしいんだ。コスプレイヤーの人たちも沢山《たくさん》来るらしいし、一緒に行かない？　東京なら、シャルが行きたがっていたアキバもあるし」

前に教えてくれたことを思い出しながら、シャルを東京デートへと誘ってみる。

シャルの大好きな同人誌も沢山売られているらしいし、コスプレイヤーさんにも会えるはずなので、シャルが喜んでくれると思った。

しかし――。

「人が大勢いらっしゃるところにエマを連れていくわけにはいきませんし、東京ですと日帰りする場合はあまり見ることもできませんので……やめておきましょう……」

意外にも、断られてしまった。

絶対喜んでくれると思っていたのに。

「泊まりは嫌な感じかな……？　神楽耶《かぐや》さんは成人してるから、保護者でついてきてくれると思うけど……」

その代わり、花音《かのん》さんも一緒に行くことになるが。

あの人の場合、東京にも友人が多いため、喜んで来てくれると思う。

「いえ、あーくんとお泊まりはとても嬉しいのですが……エマに、寂しい思いをさせるわけにはいきませんので……。その……あーくんと数日離れ離れになるのは、耐えられないでしょうから……」

エマちゃんが俺に懐いてくれているのはわかるし、数日離れ離れとなれば確かに難しいかもしれない。

東京に連れていくにしても、会場には連れていけないから、誰かに面倒を見てもらわないといけなくなり――それを花音さんや神楽耶さんに任せるのは、難しいだろう。

ソフィアさんは仕事でついてこられないだろうし。

「でも、せっかくの機会だよ……？」

この大型イベントは、夏と冬の年二回しかないらしい。

今回を逃せば、次は半年以上先だ。

「私のために調べてくださったのに、すみません。ですが、動画の件で注目されている状況ですし……正直、危ないと思うのです。ですから私は……将来、二人きりでお泊まりできるようになった際に、行きたいです」

確かにシャルの言う通り、悪い意味で注目をされている中行くのは、無謀《むぼう》かもしれない。

だからシャルは、急がなくてもいいと言ってくれている。

オタク文化に詳しい彼女は当然このイベントのことを知っていただろうし、来年以降も行われるのも知っているのだ。

これが最後というわけじゃないので、焦って行く必要はないということだろう。

「そうだね、どうせ泊まりなら、二人きりのほうがいいや」

「ふふ、ですよね」

シャルは優しい笑みを浮かべると、俺の首に自分の顔を当ててくる。

「それよりも……そろそろ、お風呂に行きませんか……？」

そして、先に誘われてしまった。

一度先延ばしにしてしまったことで、どのタイミングで誘うか迷っていたのだけど、やっぱりシャルのほうが手が早い。

「二人一緒に……で、いいんだよね……？」

俺は喉《のど》が渇《かわ》きそうになるくらい緊張しながら、念のため確認をしてみる。

「はい……」

シャルは顔赤くしながら、コクリッと頷《うなず》いた。

本当に、一緒に入るみたいだ。

「それじゃあ、着替えを持っていこうか……」

俺は、寝室に置いているタンスに着替えを少し残していたので、そちらから下着や服を取り出す。

そうしてリビングに戻ると――。

「あの、あーくんはどちらがお好きですか……？」

右手にサンタの服、左手にナースの服を持った、シャルが待っていた。

いや、うん……。

「それは……？」

「あーくんがお好きなほうを、着ようかと……」

やはりシャルは、初めてだというのにコスプレでしようとしているようだ。

どうしてこの子はこうも、俺の想像の斜め上を行くんだろうか……。

それだけ、俺の知識が足りてないのか……？

「猫ちゃんのコスプレも考えたのですが、三度目になるので、それよりは新しいほうがいいかと……。やっぱりクリスマスイヴですし、サンタさんがいいですかね？」

俺が黙っていると、シャルは照れくさそうに再度聞いてきた。

違う、そうじゃない。

大切なのは、そこじゃないんだ。

「シャルは、着てしたいのかな？」

「えっ……!?」

尋ねると、とても意外そうにシャルは驚く。

まるで、それが当然だと思っていたかのように。

「男の方はコスプレが大好きだと思っていたのですが……あーくんは、違うのですか……？」

絶望するかのように顔色を青ざめながら、シャルはプルプルと体を震わせて尋ねてくる。

涙目にもなっており、《やらかした》と思っているようだった。

「ち、違うんだ……！　俺はシャルのコスプレ姿が大好きだけど、初めてだから普通にしたいっていうか……！」

これからムードを高めないといけないのに、むしろムードをぶち壊してしまった俺は、慌てて取り繕《つくろ》う。

しかし――。

「普通……。私は、普通じゃない……」

余計なことを言っていたようで、シャルは更に落ち込んでしまった。

これから、大一番が待っているということで俺も余裕がなく、頭がうまく回っていないようだ。

「あっ……えっと、その……！　そ、そう、楽しみは先に取っておきたいっていうか、初めてで飛ばしすぎても良くないっていうか――今日はなしでしたいって思っただけなんだ……！　シャルがコスプレでしたい気持ちもわかるから、安心して……！」

自分でもとんでもないことを言っているのはわかるが、シャルを傷つけたくなくて全力でフォローする。

その気持ちが伝わったのか、シャルの表情は明るくなった。

「では、二回戦をこちらで……」

「二回戦!?」

いったい何回やるつもりなんだ……!?

「そ、そうだね。ただ、焦らなくても大丈夫だから……」

俺は引きつった笑みを浮かべながら、なんとか取り繕う。

体育祭や球技大会で体力が落ちていることは自覚したため、正直あまり自信がないのだ。

「でも、普段は皆さんがいるので、難しいと思います……」

普段家には、花音さんたちがいる。

何より、エマちゃんがいるのだから、そういうことをするのは難しいだろう。

しかし、俺たちにはこの部屋があるのだ。

「ここに来れば、大丈夫だと思うから……」

とはいえ、普段エマちゃんの面倒を見ないといけないし、寝てから外出したら花音さんたちにバレバレなので、難しいことは変わりないんだけど。

「確かに、放課後一、二時間ほど遊びに行くということで、エマをお母さんに預ければ毎日だって……」

シャルは口元に手を当てて、何やらブツブツと呟《つぶや》いている。

一人で納得してくれようとしているなら、それでいいのだけど……。

「そうですね、焦る必要はないと思います」

結論が出たようで、ニコニコとしたとても素敵な笑みを浮かべてくれた。

俺はそのことにホッと胸を撫《な》でおろし、シャルの手を取る。

「それじゃあ、行こっか……」

「あっ……はい……」

手を繋《つな》いだことで、シャルもその気になったらしく、俺たちはお風呂場へと向かう。

もちろん、シャルはコスプレ衣装を部屋に置いてきてくれた。

そして、脱衣所に着くと――。

「脱がして頂いたほうが、いいでしょうか……？」

顔を真っ赤に染めているシャルが、胸に手を添えながら上目遣いに聞いてきた。

「えっ!?」

当然、不意を突かれた俺は驚いてしまう。

てっきり、自分で脱ぐと思っていたのだ。

「あ、あの……！　男の方はこういう時、自分で脱がしたいって本に描いてありましたので、それで……！」

俺が驚いてしまったせいで、シャルは目をグルグルと回しながら、手をワタワタとさせて説明をしてくれる。

これはさすがに、俺が悪かった。

「ごめん、そうだね……シャルの言う通りだと思う。その、本当にいいの……？」

シャルのことを肯定しつつ、実行していいのか尋ねてみた。

「あっ、はい……」

自分は間違っていなかったと思ってくれたシャルは落ち着き、小さく頷いて俺を見てくる。

俺はバックンバックンと破裂しそうなほどにうるさい鼓動を我慢しながら、シャルの上着の裾《すそ》へと手を伸ばした。

「いくよ……？」

「はい……」

再度確認をすると、シャルは恥ずかしそうに頷きながら、手を挙げてくれた。

俺はゆっくりと服を持ち上げていく。

持ち上げたところから順に、染み一つない綺麗《きれい》な白い肌が顔を出し、すぐに小さくてかわいらしいおへそが見えた。

そのまま持ち上げていくと、黒色のレースのブラジャーが見えてくる。

てっきり白いのを身に着けていると思っていたのだけど、いわゆる勝負下着というやつなのかもしれない。

純白の肌をしているシャルには良く似合っており、思わずこのまま見つめそうになってしまう。

しかし、グッと我慢をして、シャルの顔から上へと持ち上げた。

「…………」

上着を脱がし終えると、シャルはすぐに手でブラジャーを隠してしまう。

やはり、恥ずかしいんだろう。

「次は、下……ですよね……？」

だけど、積極的に進めようとする。

矛盾《むじゅん》しているようにも感じるが、恥ずかしさと先に進みたい気持ちの両方があるのだろう。

「スカートってどうやって脱ぐの……？」

自分で身に着けたことがあるわけでもなく、脱がせたこともないので、どうやったらいいのかわからない。

「あっ、こちらにファスナーがあるので……」

シャルは俺の手を優しく摑《つか》み、ファスナーがある部分へと誘導してくれた。

布や肌を挟まないように気を付けながら、慎重にファスナーを下ろす。

すると、締め付けていた部分が緩《ゆる》み、スカートが下へとズレた。

「――っ」

黒色のパンツが顔を出すと、シャルは息を呑《の》みながらすぐに手で隠してしまう。

股《また》の間に手を入れているので、逆にエロく見えてしまった。

「………………」

見惚《みと》れていると、何を考えたのかシャルは両手を後ろで組み、足を肩幅サイズに開いた。

それはまるで、下着姿を俺に見せつけているように見える。

「シャル……？」

「とんでもなく、お恥ずかしいですが……せっかく見て頂いているので……」

恥ずかしいというのは嘘ではないだろう。

純白だった肌が、顔どころか全身が赤くなっている。

目もギュッと瞑《つむ》っており、恥ずかしさを頑張って我慢しているようだ。

本当なら、すぐ脱がせて風呂場に行かせてあげたほうがいいのに――煽情《せんじょう》的な姿が、俺の手を止めてしまう。

そのまま、時間も忘れて見惚れていると――。

「も、もう、いいでしょうか……？」

震える声で、シャルが聞いてきた。

我慢の限界だったようだ。

「ごめん、続きをするね……！」

「はい、お願いします……」

俺が謝ると、シャルは背中を向けてきた。

ブラジャーも触ったことがなかったけど、どこを外せばいいのかすぐにわかる作りだったので、俺はホックを外す。

ブラジャーの肩紐を右手から順に外すと、先程までと同じようにシャルはすぐに胸を手で隠してしまった。

「下も、お願いします……」

「うん……」

促され、シャルのパンツへと手をかける。

そして、ゆっくりと下ろすと――ツゥッとシャルの股からパンツにかけて糸が伸びた。

なんでそうなっているかは、考えるまでもない。

シャルも興奮してくれているのだろう。

小さめでかわいらしいお尻も見え、俺は興奮によって頭がクラクラとしてきた。

まじで、頭がおかしくなりそうだ。

「終わ――」

「先に、失礼します……！」

パンツを脱がし終えた直後、シャルは逃げるように風呂場へと行ってしまった。

やはり、かなり無理していたようだ。

俺も心臓が張り裂けそうなほど緊張していたので、一旦深呼吸をして落ち着かせる。

手に持っていたパンツは、あまり見ると可哀想《かわいそう》なので、ブラジャーと一緒に洗濯機《せんたくき》へと入れておいた。

「俺は自分で脱ぐか……」

シャルは既に風呂場に行っているし、脱がしたいなどの要望も言っていなかったので、自分で服を脱いでいった。

そうしてタオルを腰に巻き付け、風呂場へと入ると――。

「……………」

隅で、シャルがしゃがみ込んでいた。

胸と股間《こかん》を頑張って隠しているようだ。

「タオル、ずるいです……」

顔を上げたシャルは、俺の姿を見ると拗《す》ねた目を向けてきた。

自分は丸裸なのに、俺はタオルを巻き付けているので納得いかないようだ。

「シャルが逃げちゃうから……」

「だって、恥ずかしかったんですもん……」

困ったように笑いながら返すと、シャルは唇を尖らせた。

まるで子供のような態度に、思わず頰《ほお》が緩みそうになる。

とはいえ、いつまでもこうしているわけにはいかないので……。

「体、どっちから洗う……？」

「次は、私が先です……」

シャルはそう言うと、俺のタオルに手を伸ばしてきた。

てっきりシャルの体を先に洗うのかと思ったけど、俺の体を先にシャルが洗うようだ。

自分と同じように、さっさと脱がせたいんだろう。

「いいけど、頭から先に――」

そう言っていると、シャルはタオルを取ってしまった。

「――っ!?」

そして、かなりビックリしている。

というか、血の気が引いているように見えるんだけど……？

「う、嘘……本当に、こんな大きいのが、入るものなの……？」

かわいい彼女の裸によって、既に興奮は最高潮なわけで……つまり、シャルが今見ている部分には、血が集まって大きくなっているわけだ。

初めて見るシャルは、想像したものじゃなくて固まっているらしい。

おかしいな、これに関しての知識も当然あるはずなのに……？

「シャル……？」

「あっ、えっと……その、頭から洗いますので、バスチェアに座ってください……」

シャルは視線を彷徨《さまよ》わせながら、俺に座るよう言ってきた。

凄《すご》く動揺《どうよう》しているようなのだけど、大丈夫だろうか……？

心配になるが、シャルに言われた通りに座る。

すると、俺の後ろに回ったシャルの姿が、鏡に写し出されていることに気が付いた。

鏡は普段から掃除《そうじ》していて、曇り止めの処理もしていたので、ちゃんと役割を果たしているのだ。

まぁ当然シャルもそのことには気が付いていて、うまく俺の体で自分の体を隠しているのだけど。

「痒《かゆ》いところはありませんか……？」

「うん、大丈夫……」

シャルは丁寧《ていねい》に、頭を洗ってくれる。

普段エマちゃんを洗っているだけあって、手慣れている感じだ。

そのまま、頭を洗い終えると――。

「…………」

何やら、俺の背中をジッと見つめて考え始めた。

「なんか変……？」

あまりにも見つめられるから、つい声をかけてしまう。

「あっ、いえ……少し、考えごとをしていまして……」

「えっ、いったい何を？」

「その……こういう時の、男の方に喜んで頂ける洗い方があるのですが……それをしてしまうと、あーくんにまた引かれてしまうんじゃないかと……」

俺がエッチな子でも大丈夫と言ったためか、知識があることを遠慮《えんりょ》なく言ってきた。

おそらく、また漫画か何かで得た知識なのだろう。

凄く興味はあるが、あまり刺激的なことをされると、本番を迎える前に果ててしまう可能性がある。

だから、ここはグッと我慢して――。

「引いてはないんだけど、それは次回披露してもらうってことで……」

安全策を選ぶことにした。

「わかりました……」

シャルは少し残念そうにしながらタオルに石鹸《せっけん》を付け、優しく洗ってくれる。

俺は特に抵抗せず、彼女に身を任せた。

「背中は洗い終わりましたので、こちらを向いてください……」

背中が終わると、シャルのほうに向くよう言われた。

言う通りにすると――シャルは、もう体を手で隠すのをやめており、大切な部分が見えてしまった。

「よかったの……？」

先程まで、頑張って大切な部分は隠していたというのに。

「一度見られていますし、この後も見られるものですから……。それに、お互い様です……」

どうやら、体を洗っている間に割り切ったようだ。

当然、俺の視線は彼女の大切な部分へと釘付けになってしまう。

「消えてなくなりたいくらいに、お恥ずかしいですけど……安心、しました……」

「何が……？」

「あーくん、全然私に手を出してくれなかったので……私の体なんて、興味がないのかと心配していたんです……。でも、こうしてちゃんと興味を持ってくださっているので、安心しました……」

手を出さないように我慢していたことが、かえって彼女を不安にさせていたようだ。

大切にしていたつもりが、逆に傷つけているなんて皮肉なものだ。

やっぱり、恋愛は難しい。

「ごめん、我慢してただけなんだ……」

「我慢、しないでください……。私は、求めて頂けたほうが嬉しいので……」

シャルはそう言いながら、俺の前側をタオルで洗い始める。

胸やお腹、腕に足を洗うと、シャルは俺の股間に手を伸ばしてきた。

「こちらは繊細《せんさい》だと思いますので、手で洗いますね……」

優しく大切そうに触れてきているのに、他人の手だからか刺激を強く感じてしまう。

だけど、みっともないところは見せられないので、頑張って耐えた。

「――ありがとう。それじゃあ、交代だね……」

俺が洗い終わったので、今度はシャルを洗う番だ。

シャルは恥ずかしそうに小さく頷《うなず》きながら、シャワーを渡してくる。

「立ったままでもいいかな？」

「……あーくん、エッチです……」

シャルの後ろに回ってお願いすると、何を考えているかバレてしまったようだ。

仕方がないじゃないか。

こんなシチュエーション初めてなんだから、鏡に写る彼女を見ながら洗いたくもなる。

「嫌？」

「いえ、大丈夫です……。あーくんが喜んでくださるなら、私はなんでも受け入れます……」

なんて健気《けなげ》でかわいい彼女なのだろう。

おかげで、俺は興奮を抑えるのにいっぱいいっぱいだ。

「かけていくね」

俺はシャルの頭からシャワーをかけていく。

「んっ……」

頭からスライドさせるようにシャワーを動かしていると、水が直に胸へと当たったところでシャルの口から小さく息が漏《も》れた。

耳が敏感なのは知っていたけど、胸も敏感なのかもしれない。

そうして、スライドさせていくと――。

「あっ……!」

股《また》の間にシャワーをかけたところで、シャルの口から大きな甲高《かんだか》い声が漏れた。

「ごめん、痛かった……?」

俺は慌ててシャワーを離す。

「い、いえ……そういうわけでは……」

シャルは口元に手を当てながら、目を逸《そ》らして小さく首を左右に振る。

痛かったわけではないのか……?

とりあえず、またシャワーをシャルの体にかけていく。

ひとしきり水をかけ終えて頭も洗うと、俺はタオルにではなく手に石鹸をつけた。

「タオル、使わないのですか……?」

シャルは熱っぽい瞳で、意味深な目を向けてくる。

期待しているように見えるのは、俺が自分に都合よく捉えすぎているのだろうか?

「うん、駄目かな……?」

「いえ、大丈夫です……」

許可をもらい、俺はシャルの首に手を添える。

「ふっ……んっ……これ、くすぐったいです……」

手を滑らせるようにして首から洗っていると、シャルは身をよじらせながら言ってきた。

その行動が、俺の興奮を掻《か》き立てるということを自覚しているのかどうか……。

「――ひゃっ!?」

シャルの胸へと滑らせると、乳首を擦ってしまい、体がビクッと跳ねた。

やはり、こちらも敏感のようだ。

「ごめん、丁寧に洗うから」

「は、はい……んんっ……」

シャルは声を出したくないようで、口元を手で一生懸命押さえてしまう。

「ひっ……んっ……ふっん……はぁ……はぁ……んぅんっ……」

しかし、声は我慢しきれないようだ。

息遣いもいつの間にか荒くなっており、感じてくれているのがわかる。

俺もそちらのほうが嬉しいので、つい調子に乗ってシャルの胸ばかり洗ってしまう。

同じ人間の体とは思えないくらいに柔らかいのに、弾力も凄《すご》い。

胸の先っぽは綺麗《きれい》なピンク色だし、これを今自由にできているという優越感がやばかった。

「あ、あーくん……はぁはぁ……目的が変わってます……」

だけど、シャルに注意されて我に返る。

確かに今は洗うための時間で、フライングは駄目だ。

「ごめん、ちゃんと洗うよ」

そう言って、今度はシャルのかわいいお腹を丁寧に洗う。

それだけなのに、シャルはビクビクと体を震わせていた。

もしかしなくても、全身が敏感なのだろうか？

「あ、あの……！　そこはやっぱり自分で洗います……！」

お腹から下へと手が近付いていくと、突然シャルに手を摑《つか》まれてしまった。

直前に迫って、再び恥ずかしさが込み上げてきたんだろう。

「駄目だよ、俺だって洗ってもらったんだから」

「ひゃっ!?　み、耳元で喋《しゃべ》ったら、だめです……！」

囁《ささや》くように言ったのだけど、耳が弱点のシャルには駄目だったようだ。

だけどこの状況だと、その反応が更に俺へ拍車をかけてしまう。

シャルが耳を手で押さえているうちに、俺はシャルの股へと手を伸ばす。

何やら突起部分に手が当たり、ヌルッと滑ってしまうと――

「んんんっ!?」

――シャルの体が、大きく跳ねた。

やってしまったかもしれない。

「シャル……？」

あまりにも反応が大きかったので、俺は恐る恐るシャルの顔を見る。

「あーくん、いじわるすぎます……。そこは、敏感なんですよ……？」

顔を真っ赤にした涙目で、拗《す》ねた目を向けられてしまった。

わざとやったと思われたようだ。

そうか、この突起部分が、いわゆるクリトリスというやつなのか……。

勉強しようにも、シャルやエマちゃんがいつも一緒にいるし、本を買うことはできず、ネットで変なのに引っかかるのも怖かったので、俺はほとんど知識を得ることはできなかった。

だから、男子たちが下ネタで騒いでいるレベルのことしか知らないのだ。

「ごめん、わざとじゃないから……」

「本当ですか……？」

「うん、優しく洗うから……」

そう謝って、シャルの敏感な部分に再度手を当てる。

ここは一段と体温が高いのか、かなりの熱を持っており、そして何やらニュルニュルとしていた。

一応手で優しく擦ってみるけど、全然取れない。

シャルから出ているようなので、それも当然かもしれないけど。

大切な部分だし、入念に洗ってみる。

すると――。

「んんっ……はぁ……はぁ……やっぱり……はぁ……わざとしてます……」

シャルが、急にもたれかかってきた。

「大丈夫……？」

「あーくんが……そこばかり、触るから……ふっんん……足に力が……入らなく……なりました……」

ビクビクと体を震わせているので、感じているのはわかっていたけど……刺激を与えすぎると、力が入らなくなるのか……。

一つ、勉強になった。

「俺にもたれてくれてていいから……」

「いえ……もうそこは、大丈夫ですので……座らせてください……」

さすがにこれ以上は駄目なようで、シャルは椅子《いす》に座ってしまう。

だから俺ももう股の部分は触らずに、シャルの足を洗い始めた。

足の裏や指の間を洗うと、シャルが足に力を入れて逃がそうとしていたので、足も弱いようだ。

なんというか……耳だけじゃなくて、全身の至るところにシャルの弱点があることはわかった。

そうして、全身をくまなく手で洗った後は、シャワーで石鹸《せっけん》を流すのだけど――。

「ところでシャル、さっき股の部分を洗った時痛くはないって言ってたけど、じゃあなんで駄目だったの？」

石鹸をちゃんと落とす必要があるため、そこも当然シャワーを当てないといけない。

だから、先に確認をしておいた。

「そ、それは、その……刺激が、強すぎるんです……」

シャルは恥ずかしそうに俺から目を逸らしながら、口元を手で隠して答えてくれた。

なるほど、そういうことか。

「石鹸を洗い落とさないといけないから、また立ってくれる？」

「えっ……？　あっ、はい……」

俺の言うことに疑問を抱きながらも、シャルは素直に立ち上がってくれた。

俺は、丁寧《ていねい》にシャルの体にシャワーをかけていく。

そして、股の部分にも再びシャワーをかけると――。

「だ、だめ……！　あーくん、そこはだめですって……！」

またシャルが慌て始めた。

滑ってこけたら危ないので俺は後ろから優しく抱きしめるが、シャワーの水を当てるのはやめなかった。

「なん、で……!?」

俺がやめないのが意外だったようで、シャルは体を震わせながら聞いてくる。

「駄目だよ、シャル？　ちゃんと石鹸を洗い落とさないと」

「ひぃっ……！　当たってる……！　敏感な部分に……んんっんっ……当たってますからぁ……！　あぁああ！　あーくんが触ってたから……ぅっっ……さっきよりも敏感になってるんです……！」

どうやら、最初当てた時よりも刺激を強く感じるらしい。

でも、痛いわけじゃなさそうだ。

必死になっているシャルがかわいすぎて、つい俺は継続してしまう。

シャルはどうにか水が当たる位置をずらそうと腰を動かすが、体は俺が固定しているので限度がある。

その上、ずれた分は俺が手を動かして調整できてしまうので、シャルはシャワーの刺激から逃げられなかった。

やがて――。

「だ、だめ、きちゃう……！」

シャルの暴れっぷりが一層激しくなった。

来ちゃうって、何が来るんだろう？

興味を惹《ひ》かれ、俺はジッと観察する。

「やだやだ……！　はじめてがこれは、やだんんんっ……！」

シャルは顔をイヤイヤと一生懸命横に振り始める。

「あーくん、おねがい……！　はじめてが、これはやだぁ……！」

もう敬語を使う余裕もないようで、泣きそうな子供のようにお願いをしてきた。

そして、そこまでシャルが乱れているのを見て、やっとやりすぎたことに気が付く。

「あぁあああ！　だめだめだめ！　きちゃう、ほんとうにきちゃ――！」

「――ごめん、シャル……！」

シャルが身を縮めるようにグッと体に力を込めた瞬間、俺は慌ててシャワーを離した。

「……っ」

刺激がなくなったせいか、シャルは股《また》をモジモジと擦り合わせる。

彼女は、肩で息をして放心状態になっているようだった。

「大丈夫……？」

やりすぎた俺は、顔色を窺《うかが》うようにシャルの顔を覗《のぞ》き込んでみる。

「はぁ……はぁ……あーくんの、ばかぁ……いじわるぅ……」

涙目のシャルが、幼子のように怒りながら拗ねた目を向けてきた。

普段見ない彼女の様子に、胸がドキドキと高鳴ってしまう。

「ごめん……。えっと、大丈夫だった……？」

「うぅ……大丈夫です……大丈夫ですけど……これはこれで、辛《つら》いです……」

いったい何が辛いんだろう……？

経験がなさすぎて、全然わからない。

「…………」

シャルは無言でくっついてくる。

何かを求めているのだろうか？

「えっと、湯船に浸かる……？」

お湯は既に入れてあり、体を洗ったのだからこのまま入るのが普通だろう。

しかし――シャルの考えは、違うようだ。

「こんな生殺しのようなことをしてるのに……まだ、私を追い詰めるんですか……？」

いったいどう捉えられたのか、不満そうな顔で見てきた。

俺は選択肢《せんたくし》を間違えてしまったらしい。

「ごめん、それじゃあ体を拭いて、ベッドに行こうか……？」

お風呂に入らないなら、もう出るしかない。

だからそう声をかけると、シャルは小さく頷《うなず》いたので、今度は合っていたようだ。

シャルは自分で体を拭き、バスタオルを体に巻いて先に行ってしまう。

これは……怒らせてしまったのだろうか……？

「シャル、怒ってる……？」

寝室に向かうと、布団の上にバスタオル一枚でシャルが座っていたので、尋ねてみる。

やりすぎたのは間違いないのだし、怒らせたのならちゃんと謝らないといけない。

だけど、シャルは首を左右に振った。

「あーくんにいたずらされる前に、こちらに移っただけです……。初めては、彼氏さんのお布団がいいので……」

どうやら、体を俺に拭かせるとそのまま似たことをしそうだから、逃げただけのようだ。

「電気、消してくださいますか……？」

シャルは明かりがついた状態でするのは嫌らしい。

「完全に消しちゃうと何も見えなくなるから、薄明かりでいいかな……？」

「大丈夫です……」

シャルが頷いたのを確認し、俺は電気を薄明かりのものへと変える。

「こちらに来てください……」

薄っすらとお互いが見える程度にまで暗くなると、シャルは自分の後ろをポンポンッと叩いた。

正面じゃなく、後ろに来てほしいようだ。

「こうでいいのかな……？」

「はい、ありがとうございます……」

シャルの後ろに座ると、シャルは俺の胸にもたれてきた。

この体勢でしようということなのだろうか？

「シャ――んっ⁉」

名前を呼ぼうとすると、突然振り返ったシャルに口を塞《ふさ》がれてしまった。

それも、彼女の口によって。

「あむっ……んぅ……ちゅっ」

シャルはいつものように、積極的に舌を絡ませてくる。

だけど、すぐに口を離してしまった。

フレンチキスをするようになって、過去最短の早さだ。

「ふふ……さっきいじわるされた、お返しです」

小悪魔のように、魅力的でいじわるな笑みを浮かべるシャル。

普段なら見ることのない笑顔だ。

「シャルでも、そういう表情するんだね」

「私だって、時にはあーくんにいじわるするんです」

仕返しできて嬉しかったのか、シャルは得意げに言ってくる。

なんだろう？

もうかわいすぎてやばい。

お風呂場の件で関係の終わりさえ危惧《きぐ》したが、そんな心配は一切いらなかったようだ。

まぁ、やりすぎるのは自重したほうが良さそうだけど。

「触ってください……寸止めされて……体が火照《ほて》っているんです……」

寸止め？

と頭に疑問を浮かべながら、シャルに促された通り胸へと手を伸ばす。

シャルは再び背中を俺に預けてきており、抵抗するような素振りはない。

先程はシャルに辛い思いをさせてしまったから、今度は気持ちよくさせることだけを考えよう。

――とはいえ、俺にはシャルを気持ちよくさせる技術も、知識もほとんどない。

きっと知識量だけでいえば、シャルの足元にも及ばないだろう。

だけど、知ることはできる。

シャルを観察して、どう触ったらいいのか、どこが気持ちいいのか、反応を見て学んでいくことにした。

試しに、胸の中で一番敏感そうな乳首を指で軽く触ってみる。

「――っ」

シャルはピクッと体を反応させるだけで、声を漏《も》らしたりはしなかった。

「声、我慢してるの？」

「聞かれるのは……んっ……恥ずかしいので……」

今度は乳首を優しく擦りながら尋ねると、シャルの口から少し吐息が漏れた。

我慢をしているようだから、喋《しゃべ》らせれば漏れやすくもなるんだろう。

俺はそのまま胸を揉《も》んだり、下乳から持ち上げるようにして擦ったりなど、いろいろと試してシャルの反応を見た。

その中で、彼女が一段と大きく反応したのは――

「んんぁっ！」

――乳首を、爪でカリカリと優しく掻《か》いた時だった。

「これが好きなの？」

「そ、そういうのは……んんっ……聞いたらだめです……んんん」

やっぱり反応がいいので、好きなのだろう。

それにしても、胸だけでこれほどいい反応をするということは、やっぱり凄《すご》く敏感だ。

だけど、彼女が感じてくれているからといって、調子に乗れば先程と同じ失敗になる。

やりすぎないよう、慎重に丁寧《ていねい》にやっていこう。

俺はそのまま、シャルの胸だけを刺激していった。

シャルが一段といい反応を示した、カリカリと爪で刺激することはもちろん、他にも何かないかと、乳首に触れないよう乳輪を指でなぞったり、逆に乳首だけを指で摘《つ》まんでしごいてみたりもした。

共通しているのは、シャルが辛《つら》くないように激しくはしなかったことだ。

そうやって、胸ばかり触っていると——。

「これ……おかしくなる……」

シャルが股《また》の間に両手を入れながら、モジモジとして何かを呟《つぶや》いた。

「えっ、何か言った？」

胸とシャルの反応だけに集中していた俺は、聞き取れなかったのでシャルに尋ねてみる。

「うぅ……やっぱりあーくん、いじわるです……」

しかし、なぜか涙目でシャルは俺を見てきた。

意地悪なんて、してないはずなんだけど……？

むしろ、優しくするのを心掛けたつもりなのに……。

「男の方はこういうこと言わせたがるって、本に描いていた通りです……」

シャルは何か勘違いしているようで、俺のほうへ振り返った後、恥ずかしそうに俯《うつむ》いてしまった。

確かに聞き取れなかったから質問はしたけど、別に何か強制的にシャルに言わせようとはしていない、はず……？

そう戸惑っていると、シャルは顔を上げて、切なそうな表情で上目遣いに口を開いた。

「お願いです……焦らさないでください……。頭が、おかしくなっちゃいます……」

「――っ!?」

突然おねだりをされ、俺の頭はパンクしてしまう。

シャル……エロすぎるよ……。

「焦らしたつもりはないんだけど……」

「こちらも……触ってください……」

シャルは膝立ちになり、バスタオルを指で摘まんで、下から持ち上げる。

それにより、隠された秘部が顔を出し――股から太ももにかけて、水のようなものが垂れていた。

布団にも、ポタポタと水滴が垂れており――シャルがどれだけ発情しているのかが、伝わってくる。

「いいの……？」

「むしろ、これ以上焦らされたら……だめになっちゃいます……」

お風呂場でのこともシャルにとって辛かったようだけど、股には触れられず、胸を触り続けられるのも辛かったようだ。

本当に、性行為って難しい……。

股を触ったほうがいいのはわかったけど、どうしたらいいんだろう……？

クリトリス――は、シャワーで嫌がってたから、今は避けたほうがいいかもしれない。

となると、指を入れたらいいのか……？

正解がわからないけど、嫌だったらシャルが止めると思い、俺は中指をシャルの秘部へと当てる。

穴らしきところを探していると、それだけで刺激が強いのか、シャルは体をビクビクと震わせながら口を手で押さえる。

「あった、入れるね？」

「は、はい……」

穴を見つけると、シャルはギュッと目を瞑《つむ》りながら頷《うなず》いた。

まだ指を入れていないから、痛みではなく気持ち良さや声を我慢しているんだろう。

シャルには処女膜があると思うから、あまり深くは指を入れないほうが良さそうだ。

俺は慎重に指を入れていく。

押し込むようにしないと指は入らず、入ってからもまるで壁に両左右から押しつぶされるかのように、強く締め付けられてしまう。

温度も凄く高く、火傷《やけど》しそう――とまではいかないまでも、かなり熱い。

膣中《なか》ってこうなっているのか……。

「動かしても、大丈夫そう？」

シャルの感覚は俺にはわからないため、こうやって確認をするしかない。

シャルは目を瞑ったまま、コクコクと一生懸命首を縦に振ってくれた。

そして、ゆっくりと指を出し入れすると――。

「んっ……ふぅ……」

再び、シャルの口から吐息が漏れ始める。

でも、敏感な彼女にしては、思ったほど反応が大きくない。

もしかして、ただ出し入れするだけじゃ駄目なのか……？

そう思い、上側の肉の壁に指の腹を当てて、優しく前後に擦ってみた。

「んんんっ!?」

すると、わかりやすくシャルが反応する。

なるほど、こういうのがいいのか。

「ゆっくりやるから、安心して」

激しくすると痛いかもしれないから、俺は優しく中を擦る。

それでも刺激は強いのか、膝立ちをしていたシャルは俺に倒れこんできた。

「ご、ごめんなさい……向きを、変えさせてください……」

どうやら膝立ちのままされるのは我慢できないようで、俺は一回指を抜かさせられる。

そしてシャルが再び俺の胸に背中を預けるよう座り直すと、続きをしていいと許可が出た。

「こっちも一緒にやったほうがいいのかな？」

「――っ!?　む、胸も同時なんて……！」

右手の中指でシャルの膣中を優しく撫《な》でながら、左手でシャルの左乳首をカリカリと刺激すると、シャルは顔をイヤイヤと横に振る。

「これは駄目か……」

「………」

だから手を止めると、今度は切なそうな目をシャルは向けてきた。

あれ……？

この場合は、駄目って言われてもやったほうがいいのか……？

そう思い、また両方を攻めると、シャルはギュッと俺の腕を手で摑《つか》んできた。

だけど、《駄目》という言葉は口にしない。

やっぱり、これは駄目ではないようだ。

ほんと、難しすぎるな……。

加減がわからない俺は、シャルの反応に戸惑いつつも、右手では気持ちがいいところを探していく。
やがて、ザラザラとした感触の部分に指が当たった。
なんでここだけ、ザラザラしているんだ？
今までと違う感覚に、俺はそこを重点的に擦ってみる。
それによって――。
「だ、だめ……！　そこ、だめです……！」
シャルはまた、慌て始めた。
この場合の駄目とは、いったいどっちなんだろう……？
「痛かった……？」
一応、手を止めて痛みがあったかどうか尋ねてみる。
痛いのであれば、当然すぐやめるからだ。
「いえ、そこはその……女の子が、特別弱いところなので……」
どうやら、敏感だから駄目らしい。
でも、どうしてシャルにはそれがわかるんだろう？
俺みたいに触ってわかるならまだしも、触られただけで違いがわかるのだろうか？
刺激が強すぎるから――というのはわかるが、それはシャルだけかもしれないのに。
その疑問は、シャルのとある自白によって答えがわかった。

「——刺激が、ひぅっ……強すぎる……。なんで……んっ……あーくんだと……んんっ……こんなに、気持ちいいの……？　自分でしたら……あんっ……ここまでじゃないのに……」

シャルが駄目だといった、ザラザラとした部分を擦ったり、トントンと優しめに叩いてみたりしている時だった。

彼女が、そう独り言を呟《つぶや》いたのは。

「……シャル、自分でしてるの？」

「えっ!?」

思わず尋ねてしまうと、シャルが驚いたように振り返ってきた。

「私、何か言ってましたか……!?」

どうやら、呟いた自覚はなかったらしい。

刺激を我慢するのでいっぱいいっぱいになってて、思考能力が低下していたんだろうか？

「自分でしたら、ここまでじゃないのに……って言ってた気が……？」

「～～～～～っ！」

やっぱり言っていたんだろう。

シャルは両手で顔を押さえて、ブンブンと首を横に振りながら悶《もだ》え始めた。

「ちちち、違うんです……！　私、一日に何回もしてしまうほど、エッチな子ではありませんので……！」

えっ、それってつまり、毎日してるってことじゃないの!?

言い訳してきた内容が、一日何回するか、ということだったので、思わずそう結論づけてしまう。

性欲が強いんじゃないかとは思ってたけど、まさかこれほどとは……。

でも、いったいどのタイミングでしてるんだ……?

俺は、性行為について勉強する時間を取れずにいたのに……。

あっ……前に夜遅く目を覚ました時、シャルが布団の中でゴソゴソとしてたけど、あんなふうに俺が寝た後に、コッソリ起きてしてたとか……?

「うぅ……なんで私ばかり、こんな辱《はずかし》めを受けるの……?」

考えごとをしていると、シャルが泣きそうになっていた。

よほど俺に知られたのがショックだったんだろう。

シャルばかり辱めを受けるのは、シャルが自ら墓穴を掘るからなんだけど……そんなこと、言えるわけないよな……。

「大丈夫だよ……言ったじゃないか、エッチなシャルを歓迎するって」

あまりにも可哀想《かわいそう》だったので、俺は優しくシャルを抱きしめ、左手で頭を撫でてあげた。

さすがに毎日ってのには驚いたけど、そういう子も普通にいるだろうし、責めることでもないと思う。

誰彼構わず――という子でもないのだから、俺にだけその気持ちが向くのであれば、言葉にしている通り大歓迎だ。

「あーくん……では、キスしてください……」

抱きしめて頭を撫でたのがよかったのか、シャルは落ち着いてキスをおねだりしてきた。

その要望に応え、息が切れるまでお互いの舌を絡める。

そして、口を離すと――。

「お願いです……。もう焦らされすぎて、我慢できないんです……。思いっきり、してください……」

シャルは布団に寝転がり、股《また》を開いておねだりをしてきた。

シャルが一番乱れたのはお風呂場の時なので、まだそこまでの刺激を与えられていないんだろう。

「思いっきりしていいの……？」

「はい……お風呂場のことは、初めてイクのが、シャワーは嫌だっただけなので……」

そういえば、初めてなのにこれはやだ、みたいなことを言ってたな……。

そういうことなら、こちらも遠慮《えんりょ》はしない。

とはいえ、本気でやると痛い可能性があるので、激しすぎないように注意しながら先程のザラザラとした部分を擦る。

すると、散々焦らしていたおかげか――。

「あああ！　ゆび、はげしい……！　私の……くぅん……気持ちいいところ、あうっ擦っててえ……！」

シャルは激しく体を仰《の》け反《ぞ》らせ。

「い、いっちゃう……！　これ、すぐいっちゃいます……！　あぁあああいくいくいくいくぅ！」

卑猥《ひわい》な言葉を叫びながら。

「いっちゃぅうううううううう！」

すぐに昇天してしまった。

普段おしとやかで清楚《せいそ》な彼女が、決して見せなかった姿だ。

清楚だった彼女のこんな乱れた姿を見て、男が興奮しないはずがない。

「はぁ……はぁ……」

汗だくになりながらシャルは、放心したように布団に仰向《あおむ》けで転がっている。

もっと乱れる姿が見たい。

そう思って指を動かすと――。

「ま、待ってください……！　いった直後は敏感なので、動かしちゃだめです……！」

よほど刺激が強かったのか、シャルは我に返り、慌てて止めてきた。

先程の乱れる姿の後に、ここまで必死になられると、あえて動かしたくなる気持ちは出てくるのだけど——お風呂場でのことがあるので、今日だけは素直にやめておこう。

まだ、終わりではないのだし。

「気持ちよかった？」

俺は指を抜いて、シャルの顔を覗《のぞ》き込む。

すると、シャルは布団を手に取り、顔を口元まで隠しながらジト目を向けてきた。

「そういうのも、聞いたらだめです……。あーくん、わかってていじわるで、聞いていますよね……？」

「えっ……彼女の口から、ちゃんと聞きたかっただけなんだけど……」

「うぅ……気持ち、よかったです……。そうじゃないと、あんなふうになりません……」

俺が聞きたいと言ったからか、シャルは恥ずかしそうにふてぶてしい態度を取りながらも、素直に教えてくれた。

普段のおしとやかなシャルも大好きだけど、こんなふうに拗《す》ねて子供っぽくなるシャルも凄《すご》くかわいい。

本当に、シャルと付き合えて幸せだ。

「少し休憩《きゆうけい》しようか？」

俺は元気だけど、シャルは風呂場からのことで疲れきっているように見える。

まだまだ時間はあるのだし、焦らずにゆっくり休ませたほうがいいだろう。

そう思ったのだけど――。

「私は大丈夫なので、来てください……」

シャルは、このままやりたいようだ。

「ありがとう。それじゃあ――」

俺はそこまで口にして、ふと嫌な考えが頭をよぎり、固まってしまう。

これから、シャルと一つになるわけだけど――俺、ゴム買ってない……。

今日のことで頭がいっぱいすぎて、肝心《かんじん》なゴムの存在を忘れていたのだ。

えっ、嘘だろ……？

ここまで来て、お預けを喰らうのか……？

こんなの、シャルに幻滅されるレベルだろ……？

「……あーくん、ゴム用意してなかったんですね……？」

俺がダラダラ汗をかいていると、シャルは敏感に察知したらしい。

こういう時、勘がいい彼女は厄介《やっかい》だ。

「いや、えっと……ごめん!!」

俺は全力で頭を下げる。

まさか、こんなミスをするなんて思いもしなかった。

本当にやってしまった、どうしよう……！

しかし——シャルは怒るどころか、クスクスと笑みをこぼした。

「えっ……？」

「あっ、ごめんなさい……。あーくんでもこういうミスをされるんだなって思うと、ついおかしくなってしまって……。今まであーくんは、隙《すき》がない完璧《かんぺき》な御方って感じだったので、少し嬉しいです」

どうして、逆に喜ばれているんだろう……？

シャルの気持ちが、全然わからない……。

「安心してください、私が持っていますので……」

シャルはそう言うと、バスタオルで体を隠しながら、リビングへと向かった。

そして戻ってくると、手には本当にゴムが入った箱を持っており——

「なんで持ってるの!?」

——思わず、ツッコんでしまった。

「その……ちょっと前に買っていまして……隠してました……」

どうやら、リビングのどこかに隠していたようだ。

前から準備しているなんて……本当に、こういうことでシャルにはかなわない。

「よかった……ありがとう」

俺はお礼を言って、シャルからゴムを受け取ろうとする。

だけど――シャルは、ヒョイッと手を引っ込めてしまった。

「えっと……？」

意図がわからず、俺は首を傾《かし》げてしまう。

「本当に、こちらを着けちゃいますか？」

シャルは楽しそうに小悪魔のような笑みを浮かべながら、小首を傾げて聞いてくる。

「それって、つまり……？」

「私は初めてなので……思い出のためにも、なしで構いませんよ……？」

どうやらシャルは、俺にゴムを着けてほしくないようだ。

まさか、女の子側からこんなことを言ってくるとは思わなかった。

「間違いが起こると、子供ができちゃうよ……？」

「あーくんとの子供は、今すぐにでもほしいです……。ただ……他の方には、迷惑をかけられませんよね……」

シャルはそう言うと、寂しそうに笑った。

もし子供ができた場合、ソフィアさんや花音さんたちに迷惑をかけるし、信用を裏切ったことになるだろう。

そんなことは、絶対にあってはならない。

シャルもわかってて聞いてきているのだ。

「嬉しい提案だけど、ごめん。それは頷《うなず》けないや」

「ふふ……わかっていました、あーくんならそうお答えになると。私こそごめんなさい、いじわるな質問をしてしまって」

シャルの気持ちがわからないわけじゃない。

俺だって初めてなのだから、より思い出になるほうがいいし、初めてがナマでやれるなんて最高だろう。

でも、線引きはきちんとしなければいけない。

万が一が起きた時、俺はまだ責任を取れる立場じゃないのだから。

「シャルの気持ちは本当に嬉しかったから……ありがとう」

「そう言って頂けただけで、私も嬉しいです。その……ナマでなくてかまいませんので、私に着けさせてくださいますか……？」

これも思い出の一つにしたいんだろう。

シャルは上目遣いでお願いしてきた。

「うん、もちろんだよ。ありがとう」

「あっ……はい！」

俺が頷くと、シャルは嬉しそうにゴムが入った袋を開ける。

そして、丁寧《ていねい》に俺の陰部へと着けてきた。

ゴムって、かなりきついんだな……。

「緊張します……」

布団に背をつけて寝転がったシャルは、股《また》を開きながらギュッと胸の前で手を握りしめていた。

初めては痛いと聞くし、怖いのだろう。

「覚悟が決まるまで、待つよ？」

この場合、男性側は気持ちがいいだけで、痛いのは女性側だけらしい。

となれば、シャルのタイミングでいってあげるべきだろう。

「いえ、いつでも大丈夫です……。覚悟は、とっくに決めていましたので……」

どうやら、余計なお世話だったらしい。

「そっか、それじゃあいくね」

俺はシャルの両手に、それぞれの手の指を絡ませ、布団に押し付けるようにしながら恋人繋《つな》ぎをする。

胸を隠すものがなくなってシャルは恥ずかしそうに目を逸《そ》らすけど、俺はそんなかわいい彼女の顔を見下ろしながら、ゆっくりと自分の陰部を彼女の秘部へと押し付ける。

「――いたっ……！」

少し入ると、シャルは顔を歪めてしまう。

「やめる……？」

「い、いえ、大丈夫です……。そのまま、来てください……」

明らかに無理をしているけど、ここで彼女の覚悟を蔑《ないがし》ろにはできない。

そのまま少し進めると、引っかかりがあった。

これが噂《うわさ》に聞く、処女膜だろう。

当たっている感覚的に、膣《ちつ》全体を塞《ふさ》いでいるわけではないようだ。

「ゆっくりいくほうが痛いと思うから、一突きで思いっきりいくね？」

「はい、お願いします……」

シャルが頷いたのを確認し、俺は思いっきり貫くように腰を押し込んだ。

「〜〜〜〜っ」

凄く痛かったんだろう。

シャルは声を押し殺しながらも、悲鳴に近い声をあげた。

膣からは鮮血が出てきており、痛さを物語っている。

その反対に、俺には猛烈な快感が押し寄せてきていたので、シャルに申し訳なくなってしまった。

「ごめん、痛かったよね……？」

シャルの目からは涙が流れていたので、優しく指で拭き取ってあげた。

するると、シャルはニコッと優しい笑みを浮かべる。

「痛いですが……それ以上に、幸せです……。大好きな方に、初めてをもらって頂けたのですから……」

本当に、この子は……。

俺の彼女は、性欲が強くてかなりエッチな子かもしれないが、それ以上にかわいくておしとやかで、とても優しい素敵な女の子なのだ。

どれだけ嫌で辛《つら》い目に遭《あ》おうとも、俺はこの子の傍に一生いるだろう。

そして、この素敵な笑顔を、一生守っていきたい。

「あーくん……キス、してくださいますか……?」

「もちろんだよ」

俺はすぐ動くようなことはせず、シャルの痛みが和《やわ》らぐまで彼女とキスをするのだった。

エピローグ

「あーくん、あーくん♪」

現在、俺とシャルは裸で抱き合っている。

性行為が終わった後、二人で一緒にお風呂に入り、そのまま布団へと入ったのだ。

繋がったことがよほど嬉しかったのか、シャルはずっと上機嫌で甘えてきてくれている。

スリスリと俺の胸に顔を擦りつけてきていて、とても幸せそうだ。

「ごめんね、結局最後も歯止めが利《き》かなくなって……」

俺は行為中のことを思い出し、シャルの頭を撫《な》でながら謝った。

シャルの膣中《なか》が気持ち良すぎたのもあるのだけど、痛みに慣れた彼女が途中から感じ始め、指を入れた時に反応がよかった部分を責めると激しく乱れたので、その姿がかわいすぎて歯止めが利かなくなったのだ。

普通は処女喪失《そうしつ》の痛みなんてすぐにはなくならないだろうに、シャルの体は凄《すご》い。

「謝らないでください。あんなに一生懸命求めて頂けて、とても幸せでしたから。それに……

その、激しかったですが……私の弱いところばかりだったので、気持ちよかったです……」

シャルは熱っぽい瞳で答えた後、俺の胸に顔を隠すように押し付けてきた。

シャイなところがかわいすぎる。

「痛みは本当になかったの？」

「痛かったのは、初めだけです……。そうでなければ、あんなふうになりません……」

シャルもしている時のことを思い出したんだろう。

照れ隠しのように、グリグリと顔を押し付けてきた。

何度も何度も求めてきたので、かなり恥ずかしいようだ。

「――っ!?」

当然、そんなかわいい反応をされると、俺の下半身は反応してしまうわけで……くっついていたシャルは、すぐに気が付いたようだ。

彼女のお腹付近に当たっているので、それも仕方がない。

「………………」

純粋な瞳でジィーッと見つめられ、俺はバツが悪くなってしまう。

始める前、シャルは二回戦と言っていたけれど、さすがに初めてを終えたばかりで無理はさせられない。

放っておけば直に収まるだろう。

なんせ、既に何回も搾《しぼ》り取られた後なんだし。

しかし——。

「その……初めてなので、今日はもう膣中は無理でして……お口で、しましょうか……？」

まさかの、シャルが積極的に触れてきた。

初めてだから無理はしたくないという気持ちは、同じなんだろう。

それにしても、まさか口を提案されるとは思わなかった。

そこまで頑張ってもらう必要はない。

「大丈夫、放っておけば直るから。シャルに無理してもらう必要はないよ」

「そう、ですか……」

あれ？

なんか残念そうに見えるのは、気のせいか……？

ジリリリリリ！

「——っ!?」

突然アラームが鳴り響き、俺とシャルはビクッと体を震わせてしまった。

静かな空間で鳴るものだから、本気で驚いた。

しかし——セットしていたアラームが鳴ったということは、日付が変わったということだ。

「ごめん、ちょっと待ってね」

俺は布団から出て、風呂から出た後にこちらに持ってきていたあるものを取り出す。

「シャル、左手を出してもらっていいかな？」

「……？」

お願いすると、シャルは不思議そうに首を傾《かし》げながら、俺に左手を差し出してくれる。

俺は、そんな彼女の左手の薬指に、プレゼントを着けながら――

「誕生日、おめでとう」

――彼女の誕生日を、祝った。

「こ、これって……!?」

シャルは驚いたように、左手と俺の顔を交互に見てくる。

まさか、誕生日プレゼントでこうくるとは思わなかったんだろう。

「まだ学生なのにって思われるかもしれないけど、婚約者になったからね、婚約指輪だよ」

そう、俺が彼女にプレゼントしたかったのは、これなのだ。

誰かに俺を取られるかもしれない、という不安のせいで傷ついたり、他の子によく嫉妬《しっと》してしまうシャルが、婚約指輪をあげたら安心してくれるんじゃないかと。

「これ、お高いですよね……？」

「あはは……ごめん、本当は高いのを買えたほうが、格好はついたと思うんだけど……。大人たちが買う婚約指輪の相場の、半分くらいしか出せてないんだ」

具体的な額を言うとシャルが遠慮《えんりょ》すると思い、曖昧《あいまい》な言葉で誤魔化《ごまか》しておいた。

「他のプレゼントのほうがよかったかな？」

「そんなわけありません……。だって、私……嬉しすぎて、涙が出てしまうくらいなんですから……」

そう言うシャルの目からは、本当に涙が流れてきている。

俺の空回《からまわ》りで終わらなくて、心からホッとした。

「喜んでもらえてよかったよ」

「婚約指輪を頂けて、喜ばないはずがないですよ……。こんなにも素敵すぎるプレゼントを頂き、ありがとうございます……。私の、一生の宝物にします……」

シャルは大切そうに、指輪を手で撫でる。

その表情は、幸せに満ちているようだった。

「あーくん……」

シャルは、俺の後ろに回り込んできて、首元に抱き着いてきた。

柔らかくて温かい感触が、直に背中を襲う。

「ん？」

「私、今日の誕生日が……生まれてきてから、一番幸せな日です……。本当に、ありがとうございます……」

よほどプレゼントを気に入ってくれたようで、シャルは頬《ほお》をスリスリと擦りつけてきた。

「それは俺もだよ。今、凄く幸せな気分だ」

大好きな子と繋《つな》がれたのだから、それも当然だ。

一生の思い出になっただろう。

「あーくんと、出会えて……そして、恋人になれて……心の底から、よかったと思っています……。私と、一生一緒にいてください……。私の全てを、あなたに捧げますので……」

「俺のほうこそ、お願いしたいよ。これからも一緒にいようね」

俺はシャルの左手に、自分の左手を重ねる。

それで気持ちが伝わったのか、シャルは《えへへ……》と幸せそうな笑い声を漏《も》らし――

「はい、一生一緒です。あーくんが嫌って言っても、放してあげませんから」

――ギュッと、抱きしめてくるのだった。

なお、その後は気持ちが高まったシャルに押し倒されてしまい、結局二回戦が始まることに……。

あとがき

まず初めに、『お隣遊び』六巻をお手に取って頂き、ありがとうございます。

また、六巻制作に携《たずさ》わって頂いた皆様、いつもご助力頂き本当にありがとうございます。

皆様のおかげで、こうして六巻を出すことができました。

毎度のことながら感謝しかありません……！

……なんといいますか……早くも六巻という気持ちもありますし、やっと六巻まで来たのか、という気持ちもありますね。

一巻が発売されてから、もう二年以上が経っているわけですか。

本当に時の流れというのは早いものです。

こうして続けていけているのは、有難い限りですね。

ご助力頂いている制作陣の皆様や、本作をご購入頂いている読者の皆様のおかげです。

ありがとうございます。

……そう言っていて、ふと思いました。

発売から二年？

　ということは――ＷＥＢ小説で初めて『お隣遊び』を書いてから、四年半近くも経過しているんですね。（笑）

　そう考えると結構長いですね。

　そして、本当に時が経つのが早いです。

　元々、ラノベにハマって本腰を入れて書くようになってから二作目の作品だったので、自分が今までＷＥＢで書いた中でも、古参なんですよね。

　作家デビューした『ボチオタ』という作品の次にＷＥＢで書いた作品だったんですけど、その『ボチオタ』より前にＷＥＢで書いた作品が二、三作くらいしかなかったので、本当に古参です。

　そういった作品がこうして商業で日の目を見て、長く続けられる作品になっていることはとても嬉しいですし、感慨《かんがい》深くもあります。

　この調子で、アニメ化もしてくれたらいいのになぁ……と心の中でヒッソリと思っていますが。（笑）

（いや、思いっきりＳＮＳで「アニメ化したいです……！」って言いまくってるんで、全然ヒッソリではないんですけど）

　それと、個人的にこの作品をもっともっと活かし、『お隣遊び』を好きになってくださっている読者の皆様に喜んで頂けそうなことを考えているので、そちらもうまくできたらいいなぁとは思っています。

プランは頭の中にだけあります。(笑)

自分も『お隣遊び』という世界が凄《すご》く好きですし、シャルや明人《あきひと》はもちろんのこと、エマちゃんをはじめとしたいろんなキャラたちが大好きなので、読者の皆様にももっともっと楽しんで頂きたい、と思っているんですよね。

さて、そろそろ今作の内容に触れたいところなのですが、正直終盤のシーンは、ここまで書かせてもらえると思っていませんでした。

とりあえず書きたいように書いてみて、駄目な部分は指摘が入るだろうから、そこから直そう。

という感じで書いたのですが――ほとんどそのまま通って、少し表現的な部分が駄目だったくらいなので、驚いています。

そして、嬉しくもありました。

思い描《えが》いていたものをそのまま書かせて頂いたのですから、嬉しくないわけがありません。

ラブコメ作品でもしかしたらここまでガッツリと書いている作品は、そうないかもしれませんね。

そういうシーンが入っていたりする作品なども一応は知っていますが、いろいろとなかなか難しいことではあるでしょうし。

今作に関しても、スパイス程度に考えて頂けていると嬉しいですね。

あくまで物語のメインは、明人とシャルのいちゃいちゃ、甘えん坊エマちゃんの可愛《かわい》さ、彼らが抱える問題の解決、などを楽しんで頂くものと考えていますので。

いちゃいちゃの延長線上で、そういった行為をすることもあるよ～くらいです。

……シャルは明人が大好きすぎるので、そういう展開になりそうなのが増える――というのはあるかもしれません。（笑）

明人の理性が邪魔をするでしょうけど、果たしてシャルの可愛いおねだりに抗《あらが》えるのかどうか……。（笑）

今作でも新キャラが登場したことですし、次の巻も楽しみにして頂けると嬉しいです！

（次の巻を出せたら……！）

――ということで、次回もお会いできることを祈っています！

再度になりますが、本当に『お隣遊び』六巻をお手に取って頂き、ありがとうございました！

また次の巻でお会いしましょう、ばいばい！

この作品の感想をお寄せください。

あて先　〒101-8050　東京都千代田区一ツ橋2-5-10
集英社　ダッシュエックス文庫編集部　気付
ネコクロ先生　緑川 葉先生

ダッシュエックス文庫

迷子になっていた幼女を助けたら、お隣に住む美少女留学生が家に遊びに来るようになった件について6

ネコクロ

2024年3月30日　第1刷発行

★定価はカバーに表示してあります

発行者　瓶子吉久
発行所　株式会社　集英社
〒101−8050　東京都千代田区一ツ橋2−5−10
03(3230)6229(編集)
03(3230)6393(販売／書店専用) 03(3230)6080(読者係)
印刷所　TOPPAN株式会社
編集協力　梶原　亨

ISBN978-4-08-631544-9 C0193